OPERAÇÃO

HIGH JUMP

UM NOVO DESAFIO PARA O AGENTE DO IMPERADOR

OPERAÇÃO

HIGH JUMP

UM NOVO DESAFIO PARA O AGENTE DO IMPERADOR

Linotipo Digital

Linotipo Digital Editora e Livraria Ltda.
São Paulo
2024

EDITORES: Laerte Lucas Zanetti e André Assi Barreto

COORDENADOR DE PRODUÇÃO: Laerte Lucas Zanetti

CAPA: Carolina Rego

AJUSTE DE CAPA, DIAGRAMAÇÃO E PROJETO GRÁFICO: Spress

EDIÇÃO E REVISÃO DE TEXTO: Rafael Sicolli

REVISÃO DE PROVAS: André Assi Barreto

IMAGEM DO COLOFÃO: Monteiro Lobato, por Fátima Lódo

IMAGENS DE ABERTURA DOS CAPÍTULOS: ilustrações de Beatriz de Oliveira Miranda com base em fotografias de Edson Antonio Miranda (capítulos 7, 8, 9, 12, 14 e 15), Flávio de Leão Bastos Pereira (capítulo 13) e Kauan Costa Monteiro Pastel (capítulos 1, 2, 3, 4, 5, 6, 10 e 11).

Dados Internacionais de Catalogação na Publicação (CIP)
Angélica Ilacqua CRB-8/7057

Miranda, Edson
Operação High Jump : um novo desafio para o Agente do Imperador / Edson Miranda. – 1. ed. - São Paulo : Linotipo Digital, 2023.
128 p.

ISBN 978-85-65854-42-9

1. Ficção brasileira I. Título

23-5633 CDD - B869.3

Índices para catálogo sistemático:
1. Ficção brasileira

Este livro segue as regras do Acordo Ortográfico da Língua Portuguesa, em vigor desde 01/01/2009.

2024
Todos os direitos desta edição reservados à Linotipo Digital Editora e Livraria Ltda.
Rua Álvaro de Carvalho, 48, cj. 21
CEP: 01050-070 – Centro – São Paulo – SP
www.linodigi.com.br – 55 (11) 3256-5823.

PREFÁCIO

Este é o terceiro livro de nossa série de aventuras do agente André Reis a serviço de Sua Majestade o Imperador Dom Pedro IV de um Brasil atual ainda sob o regime de monarquia constitucional, que apenas existe na realidade alternativa criada pelo autor.

Parte dos fatos relatados nesta obra se apoia em registros históricos verídicos, que dão os contornos dessa nova aventura do agente especial, mas é uma obra de ficção que visa a entreter seus leitores e fãs, mas que também repudia os regimes totalitários do passado, que infligiram perdas irreparáveis para humanidade.

Edson Miranda
São Paulo, 2023.

Dedico este livro a meu pai, Natal Miranda,
que não mais está entre nós.

EDSON MIRANDA

OPERAÇÃO HIGH JUMP

UM NOVO DESAFIO PARA O AGENTE DO IMPERADOR

Linotipo Digital

CAPÍTULO I

Dia 10 de junho de 2020. São Paulo. Reis estava voltando do lançamento do livro de seu colega de docência, Antonio Carlos. Era a tese de livre-docência do amigo, agora publicada. O lançamento foi numa livraria na Rua Oscar Freire, no bairro dos Jardins.

O agente do Imperador estava de licença do Serviço Secreto Imperial. O Coronel Barroso havia assumido novamente o comando da agência e vivia às turras com Reis. Ele chegou à conclusão de que era melhor "dar um tempo na relação" e pediu licença por um ano.

O Coronel Barroso era da opinião que Reis estava velho para a atividade de espionagem e era muito indisciplinado, mas tinha que o aturar, pois era o preferido do Imperador Dom Pedro IV.

De volta à docência, para se ocupar, Reis estava indo para Universidade Cole, pois tinha de aplicar exames de final de semestre.

Ele decidiu ir de Metrô pela Linha Amarela.

No caminho, Reis teve a impressão de que alguém o seguia, mas acreditou que era cisma dele depois de tantos anos sendo perseguido.

Entrou na estação Oscar Freire e foi até a plataforma de embarque, a qual estava praticamente vazia, pois era um horário de baixo movimento. Reis, em seus pensamentos refletia a civilidade que se impunha na linha amarela do Metrô. Ele sempre pensava: parece o Japão.

Quando o trem chegou à plataforma, quase que simultaneamente a porta de segurança e a porta do vagão também se abriram.

Reis entrou no vagão. Ele não gostava de se sentar e sempre procurava ficar ao lado da porta com as costas viradas para a parede do vagão. Velhas manias de agente.

Quando as portas iam se fechar, entrou um homem alto, loiro, de barba e muito forte. Ele olhou fixo para Reis, se sentou num banco próximo e ficou olhando pela janela.

O agente especial ficou atento ao sujeito. Seu comportamento era estranho, aparentava certo nervosismo.

Quando o trem chegou à estação Paulista, o sujeito se levantou. Ele realmente era muito alto e muito forte, mesmo considerando que era um dia frio típico do inverno paulistano, em que os casacos aumentavam os contornos dos transeuntes. O sujeito parecia um viking.

Ele se levantou e seguiu para a porta oposta à que estava Reis.

Quando a porta se abriu, o "viking" se virou e partiu para cima de Reis, com uma rapidez impressionante. Ele, simplesmente, com a mão esquerda pegou no pescoço do agente e o levantou, fazendo com que Reis batesse a cabeça no teto do vagão.

O agente usava os braços para bater no seu agressor, mas ele não esboçava qualquer reação. A força do sujeito era excepcional. Reis não conseguia respirar e a dor do aperto no pescoço era fenomenal. Ele nunca havia visto alguém tão forte.

Reis tentou sem sucesso aplicar golpes com as pernas, mas o louro ensandecido comportava-se como se nada estivesse acontecendo.

No vagão havia poucas pessoas. Duas senhoras de idade sentadas ao fundo do vagão do lado direito ao de Reis assistiam a tudo apavoradas e aos gritos.

Um sujeito que estava sentado no outro lado do vagão levantou-se e foi em direção a Reis para tentar impedir de ele ser esganado.

O monstro louro com o braço direito deu um soco no sujeito, o que o fez cair no chão totalmente sem sentidos.

Nesse ínterim, Reis já não mais respirava e imaginava que era seu fim. Estava prestes a perder os sentidos, quando apenas ouviu uns gritos vindos do outro vagão: estão enforcando o professor Reis!

Mas nada mais ouviu o agente. Tudo escureceu para Reis. Parecia o fim do nosso agente.

Reis abriu os olhos e viu uma luz clara distante. Ele não conseguia enxergar melhor e muito menos definir onde estava. Era uma claridade e um silêncio absoluto. O agente imaginou que havia partido para o oriente eterno.

Com seu aguçado humor, ele pensou: pelo menos aqui não está quente, então é sinal de que fui para o céu.

Logo Reis ouviu alguém chamá-lo:

— Comandante! Comandante! O senhor me ouve?

O agente do Imperador pensou: pelo jeito já me alistaram no Exército da Salvação.

Era uma voz feminina, muito agradável. Quase angelical.

Agora Reis não tinha mais dúvida. Ele estava no paraíso. Sua visão estava melhorando e ele conseguiu ver que a voz partia de uma mulher loura, toda vestida de branco, mas a imagem não era nítida para ele.

Contudo, as conclusões de Reis não duraram por muito tempo. Logo ele ouviu outra voz, vindo do lado oposto de onde partia a voz feminina. Era uma voz conhecida.

Reis pensou: ou o Dr. Vinícius morreu ou eu ainda estou no mundo dos vivos.

O Dr. Vinícius com voz animada disse:

— Meu amigo, que bom. Você conseguiu recuperar os sentidos. Estávamos muito preocupados com você. Os médicos tiveram que colocá-lo em coma induzido, por causa dos traumas em seu crânio.

O agente tentou se levantar, mas um dor terrível na cabeça o fez voltar ao travesseiro.

— Comandante, você está muito fraco e teve lesões sérias na cabeça e no pescoço. Tenha calma. Disse a bela enfermeira.

Reis acalmou-se. Agora já enxergava a ambos melhor. E, de fato, ele percebeu que estava num quarto de hospital.

— Onde estou, Dr. Vinícius? O que houve?

— Reis, você foi atacado por um terrorista muito forte no Metrô. Ele quase arrancou sua cabeça. Você foi salvo por seus alunos. Eles estavam no vagão ao lado e quando ouviram a gritaria, foram ao teu vagão. Eram sete alunos, eles pularam em cima do terrorista e conseguiram jogá-lo ao chão. Ele fugiu quando a porta do vagão estava prestes a fechar. Na plataforma, o terrorista foi abordado por dois seguranças do Metrô. Ele os nocauteou.

Reis ouvia a tudo com atenção e perguntou:

— Há quanto tempo eu estou aqui? Aliás, que hospital é este?

— Você está no hospital da Marinha em Santos. Este quarto está constantemente vigiado por fuzileiros navais. Ninguém entra ou sai sem completa verificação. Ordens diretas do Imperador. Esclareceu o Dr. Vinícius.

— E quanto tempo eu fiquei inconsciente? Perguntou Reis.

— Doze dias. Respondeu o Dr. Vinícius.

Vocês descobriram quem é esse terrorista e o que ele queria?

— É Reis, infelizmente foi um ataque simultâneo a todos os agentes especiais. Dos sete agentes especiais, cinco foram mortos, um está em estado gravíssimo e somente você está vivo e consciente.

— Mas, todos os sete. Qual foi a finalidade desse ataque? Com certeza eles desejavam alijar os melhores do Serviço Secreto Imperial. É algum grupo ligado ao marquês de Campo Grande? Indagou Reis.

— Sem dúvida, a intenção era arrasar com a nossa equipe e, de fato, conseguiram. Nós conseguimos apenas descobrir que o terrorista foi alterado geneticamente. Presumimos que ele tinha a força equivalente a cinco homens. É algo impressionante.

E o Dr. Vinícius prosseguiu.

— Conseguimos descobrir isso, pois o terrorista que o atacou tentou fugir para o sul do país. Conseguiu chegar até a província do Rio Grande do Sul. Lá ele foi morto pelas forças especiais do Exército. Mas, no caminho, o terrorista matou vinte e três pessoas. Por meio da autópsia e com os exames de DNA, descobrimos que ele era geneticamente alterado. Foi utilizada uma tecnologia de mutação genética muito além do nosso atual conhecimento. É o que sabemos até o momento.

— Mas, agora é hora de você descansar um pouco. Quando você receber alta, irá para o Grande Hotel Termas de Araxá para se recompor. É uma determinação de Sua Majestade. Aliás, pelo jeito, ele gosta muito de você. Ele veio pessoalmente visitá-lo acompanhado da princesa Cristina. Disse o Dr. Vinícius levantando suas sobrancelhas para fazer cara de espanto.

— A Cristina esteve aqui! Exclamou o agente.

— Que intimidade com Sua Alteza. Esteve sim e ainda lhe deu beijo na testa. Concluiu o Dr. Vinícius, com um sorriso escancarado no rosto.

Reis passou mais duas semanas no hospital. Fez fisioterapia e não deu sossego para as enfermeiras que o atenderam. Ele era impossível, mesmo estando em recuperação. Porém, sentia a gravidade da situação para o país, pois algo estava prestes a acontecer.

Nada mais foi dito a Reis.

CAPÍTULO II

No dia da alta, Reis tirou o pijama e vestiu um terno muito bem cortado na cor cinza, confeccionado pelo seu alfaiate Ferrari. Usava camisa azul-clara e gravata azul-escura e um sapato preto de cromo alemão, muito bem engraxado. Tudo vindo diretamente de seu apartamento em São Paulo. Foi até o espelho para ver se tudo estava em ordem e se ele havia recuperado o viço de antes. Nesse instante alguém bateu à porta. Era o capitão de fragata Marzili.

No quarto entrou o capitão, envergando o uniforme médico. Ele era o responsável por aquela ala no hospital. Prestou continência ao agente e sacou um *smartphone* do bolso da calça.

O capitão olhou para a tela do *smartphone* e começou a falar:

— Comandante, o senhor irá agora de helicóptero até a base aérea do Guarujá. Nela o espera um jato executivo da Força Aérea Imperial, descaracterizado, com pilotos em uniforme da aviação civil. O plano de voo é confidencial e somente será conhecido pelos pilotos quando o senhor entrar na aeronave. Apenas poucas pessoas sabem exatamente o seu destino. O senhor será enviado para Araxá, para continuar sua recuperação. Estou lhe transferindo alguns arquivos para seus estudos. Desejo-lhe boa viagem.

Em seguida, o capitão tocou na tela do *smartphone* e um sinal de celular foi ouvido no quarto. Reis retirou o aparelho do bolso e olhou para tela, dizendo:

— Comandante, já chegaram os arquivos, muito obrigado pela estadia aqui.

— Pelo o que ouço, o senhor vai deixar saudade neste andar, principalmente com as nossas enfermeiras. Disse o capitão, com um sorriso irônico.

Reis saiu do quarto e foi escoltado por dois sargentos fuzileiros navais, que estavam armados até os dentes. Portavam fuzis israelenses TAVOR TS12.

O agente, antes de sair do hospital, fez questão de se despedir das enfermeiras que o atenderam. Ele sabia o nome de todas e os respectivos contatos.

Reis partiu do seu quarto com um sargento à frente e outro atrás dele. Ao sair do prédio do hospital, caminhou até o heliporto. No local estava um helicóptero da Marinha. Era um Super Cougar H225M. Um equipamento para emprego geral, mas um exagero só para transportar o agente especial. Na área externa do hospital, estavam presentes vários homens da Guarda Negra, a divisão de elite da Marinha Imperial. Reis estava se sentindo o próprio Imperador ou o Primeiro-Ministro, todavia sabia que o risco à sua vida era eminente.

Ao chegar ao helicóptero, um cabo fuzileiro naval em uniforme verde da aviação da Marinha Imperial prestou-lhe continência e convidou Reis a subir na aeronave.

Reis respondeu o cumprimento e entrou no helicóptero. Logo lhe foi indicado um banco para se sentar. Em seguida a aeronave alcançou voo.

Era um dia frio, mas de céu azul e limpo.

O agente aproveitou para ver o belo jardim do balneário de Santos, o maior do planeta.

Com muita rapidez, face à proximidade, Reis chegou à base aérea do Guarujá.

Ele desceu do helicóptero e foi orientado a seguir para o hangar próximo. Lá chegando, já foi direcionado para um jato executivo. Era um Legacy 650E todo branco com pilotos de uniforme da aviação civil e uma estonteante aeromoça de tez morena e de cabelos negros presos, num coque irretocável. Olhos escuros num rosto esculpido por Michelangelo, tudo contido num justo uniforme azul em formato de *tailleur*.

Reis estranhou o jato executivo todo branco, apenas com a identificação da aeronave. Não era algo comum. Com certeza, o Serviço Secreto Imperial não desejava que Reis fosse identificado ao chegar ao seu destino.

Os pilotos receberam o agente especial e convidaram-no a ingressar na aeronave. O piloto informou que, em pouco mais de uma hora, estariam no aeroporto de Araxá, Província de Minas Gerais.

O agente do Imperador sentou-se na segunda poltrona do lado direito da aeronave e, de propósito, não afivelou o cinto de segurança.

Os pilotos seguiram para a cabine de comando e a aeromoça aproximou-se de Reis e pediu a ele que afivelasse o cinto de segurança antes do taxiamento da aeronave. Ele, matreiramente, disse que não estava conseguindo afivelá-lo por causa dos danos em sua coluna. Mentira deslavada, pois ele tinha plenas condições de fazer isso e outras coisas mais arrojadas, mas impublicáveis.

A aeromoça, com cuidado, debruçou-se sobre Reis para afivelar o cinto de segurança, nesse exato momento a aeronave saiu do hangar, dando um pequeno tranco, fazendo com que ela caísse no colo do agente, que rapidamente a agarrou dizendo:

— Cuidado, uma linda mulher como você não pode se machucar.

Ela vendo a agilidade do agente em segurá-la, logo percebeu o ardil e respondeu:

— Mas o senhor havia me dito que não conseguia colocar o cinto e agora me agarrou com muita agilidade.

Reis riu e respondeu:

— Uma melhora súbita!

Logo em seguida, o agente, mantendo sua veia teatral, mexeu os ombros como se estes estivessem doendo.

A aeromoça, percebendo a encenação, decidiu ingressar também naquele teatro.

— Aguarde o avião decolar que eu lhe faço uma massagem e logo ficará bom.

A viagem não foi longa, mas foi suficiente para Reis tratar de assuntos, digamos, mais mundanos.

Quando o piloto anunciou o pouso, a bela morena se ajeitou toda e se sentou na última poltrona do lado esquerdo da aeronave, não sem antes beijar Reis.

O agente ajeitou a gravata e o paletó, para causar boa impressão em seu desembarque. Afinal, ninguém sabe quem estará lá para recebê-lo.

A aeronave pousou e taxiou, parando em frente à área de desembarque.

O piloto saiu da cabine de comando e informou a Reis que ele deveria procurar um automóvel de cor preta, cujo motorista chamava-se Jonas, e que suas malas já estariam no porta-malas do veículo.

Assim fez Reis. Apesar do inverno, Araxá estava com uma temperatura amena naquele dia. O saguão do aeroporto estava relativamente tranquilo.

Ao sair do pequeno aeroporto, o agente rapidamente identificou o veículo. Era uma BMW 525 novinha em folha e seu motorista era um homem de estatura média, calvo e magro. Ele utilizava um terno preto e óculos escuros. Algo muito incomum naquelas paragens. Todos no aeroporto olhavam para o automóvel e seu motorista.

Reis aproximou-se sem muita paciência, estendeu a mão e já foi reclamando:

— Se a ideia era não chamar a atenção, acredito que não funcionou.

O motorista cumprimentou o agente do Imperador e, colocando a mão direita dentro de seu paletó, sacou um pequeno envelope e fez a seguinte afirmação:

— Antes de mais nada, bom dia, agente Reis. Eu fui designado para atuar como seu motorista e estes são seus documentos. Me chamo Jonas e este é o seu melhor disfarce para o momento.

Em seguida, o motorista abriu a porta direita traseira do veículo, convidando Reis para entrar.

Logo, Jonas assumiu o volante e partiu para o Grande Hotel Termas de Araxá, continuando seus esclarecimentos:

— Aqui o senhor será o milionário Randolfo Leite, que veio ao Grande Hotel para um tratamento com águas termais. Eu ficarei à sua disposição durante sua estada. Vou vigiar o hotel, para que nada lhe aconteça. Ordens do Coronel Barroso. Aliás, na recepção estará lhe esperando a Dra. Verônica Santos, que será sua médica e acompanhante.

— Acompanhante! Uma providência meritória do Coronel Barroso. Não é típico dele. Assim arrematou o agente.

Jonas começou a rir e complementou:

— O senhor vai ver quem é a sua acompanhante.

Reis levantou os olhos, já temendo a surpresa que lhe reservara o Coronel Barroso, seu desafeto de sempre.

CAPÍTULO III

A BMW chegou à entrada monumental do hotel. Era um prédio imenso com três torres interligadas por imensos pavilhões. Uma construção em estilo inspirado nas antigas fazendas colombianas. Sua cor era de terracota, uma associação à cor do barro daquela estação hidromineral.

Uma obra de arte construída entre 1938 e 1944, ou seja, em plena Segunda Guerra Mundial.

Ao descer do veículo, Reis adentrou o lobby do hotel. Um saguão gigante o esperava. Paredes em mármore italiano. Ao fundo, dois imensos painéis retratando os caminhos que ligam as cidades de projeção da Província de Minas Gerais. No meio do saguão, um imenso lustre em ferro fundido com globos brancos. Obra do Liceu de Artes e Ofícios de São Paulo. Abaixo dele uma imensa mesa redonda com um majestoso arranjo de rosas vermelhas. À esquerda ficava o balcão de atendimento com a tradicional estante em que ficavam as chaves dos apartamentos. À direita outro imenso balcão para o concierge. No meio do saguão, imensos sofás estofados em couro da década de quarenta do século passado. Aliás, tudo no hotel era mantido em sua originalidade. Até os tapetes persas.

Reis parou sua caminhada e fez uma longa observação daquele lobby. Era impressionante. Em nada devia aos melhores hotéis da Europa.

A observação silente de Reis foi interrompida pelo concierge:

— Sr. Leite, seja bem-vindo ao nosso hotel. Eu sou Rogério Ribeiro, seu concierge.

O agente do Imperador aquiesceu com a cabeça, esboçando um sorriso.

Em seguida, o concierge convidou Reis para sentar-se num dos sofás, esboçando uma certa preocupação com a saúde do visitante.

Reis continuou encenando como se de fato estivesse com alguma doença mais grave.

— O senhor terá o melhor atendimento em nosso hotel e nas termas. Já temos todo o roteiro de seu tratamento e temos a certeza de que o senhor voltará à sua terra completamente curado. Disse o atento concierge.

— Tratamento? Indagou Reis.

— Sim, o tratamento programado pela Dra. Verônica. Aliás, veja, ela está vindo para cá. Respondeu ele.

Quando o agente especial olhou para as escadarias que davam acesso aos elevadores, sua visão ficou paralisada por aquela beldade que se aproximava. Era uma belíssima mulher de tez da cor de chocolate. Cabelos castanho-claros, que emolduravam aquele rosto, com traços perfeitos, que fariam Rubens ou Rodin disputá-la até a morte.

Reis logo levantou-se numa rapidez que até impressionou o concierge. Ele esqueceu de encenar a sua enfermidade, que nem ele sabia qual era.

A Dra. Verônica moldada num tailleur branco veio ao encontro do embasbacado agente.

— Sr. Randolfo Leite, é uma honra atendê-lo. Pelo que vi, está melhor.

— Tive uma visão e isto me fez esquecer do meu mal. Assim respondeu o galanteador agente, colocando a mão direita sobre o peito, como se sentisse algo que o incomodava. Na verdade, seu coração estava acelerado pela bela morena, que lhe virara a cabeça.

A Dra. Verônica, voltando-se para o concierge, pediu-lhe para providenciar a instalação do seu paciente. No que foi atendido imediatamente.

Ela, em seguida, convidou Reis para subir as escadas e seguir à esquerda pelo imenso corredor que dava acesso à biblioteca e outras salas do andar térreo.

O nosso agente logo iniciou sua lábia para conquistar aquela Vênus de Antonio Canova:

— Realmente, o Coronel Barroso se superou. Não poderia ter escolhido alguém melhor do que você para cuidar de mim.

O balde de água fria veio logo em seguida:

— Agente Reis, pode parar com qualquer investida de sua parte. Eu conheço sua fama e já fui alertada pelo Coronel Barroso. Preste bem atenção ao que vou lhe dizer. O senhor está aqui para um tratamento complementar com as águas desta estância hidromineral, que lhe farão bem. Eu já prescrevi uma dieta alimentar para melhorar seus exames, que, aliás, são terríveis. Por fim, alerto-o que sou faixa preta em judô e todos sabem que, na minha atuação como médica civil no Serviço Secreto Imperial, jamais me envolvi com qualquer paciente, inclusive os mais galanteadores. Portanto, por favor, guarde seu discurso para outra mulher.

Reis ficou atônito com a resposta ríspida, mas isso só o atiçou mais.

A Dra. Verônica inverteu seu passo, voltando para o saguão do hotel, e o agente especial do Imperador a seguiu, um pouco atrás, admirando mais um pouco aquela beldade.

Quando chegaram ao saguão, encontraram o concierge com uma chave eletrônica nas mãos, entregando-a à Dra. Verônica.

Ela pegou a chave e dirigiu-se para o *hall* dos elevadores.

Ambos aguardavam o elevador, até que Reis voltou à carga:

— Dormiremos no mesmo apartamento?

— Sim, mas eu no meu quarto e o senhor no seu. Respondeu a Dra. Verônica, ainda na linha dura com Reis.

Saíram no quinto andar e a Dra. Verônica se dirigiu ao lado esquerdo do corredor, abrindo uma porta dupla envidraçada, que dava acesso à suíte especial. Na entrada, havia uma sala de visitas, com uma escrivaninha *bureau*. Dessa sala saia um corredor que dava acesso a dois quartos independentes e uma imensa *toalete*.

Em poucos instantes chegaram as malas.

Ao colocarem as malas nos respectivos quartos, a Dra. Verônica adentrou ao primeiro quarto, que ficava à sua esquerda, e começou a fechar a porta, apenas deixando uma fresta, em que olhava para Reis parado no corredor, dando-lhe uma última instrução:

— Recomendo-lhe que se troque, colocando uma roupa mais leve, e vá para o salão de almoço. Está na hora de sua refeição.

Reis olhou para o relógio de pulso e nem teve tempo de responder a ordem que lhe foi dada. Em seguida, a fresta na porta desapareceu.

Era apenas meio-dia. Cedo para Reis almoçar.

Resignado, o agente decidiu trocar de roupa e ir almoçar. Colocou um blazer azul-marinho, camisa azul-clara e calça cáqui. A típica roupa de menino rico, como Reis gostava de falar a respeito desse tradicional traje.

Ele desceu até o lobby do hotel, passou pelo Solar dos Araxás, uma belíssima sala redonda com mármore italiano branco, com alguns veios cinzas e parede azul, ladeadas pelo entorno por imensas colunas. Depois virou à sua direita, rumando pelo corredor, em sentido aos restaurantes. Um dos restaurantes estava aberto para o almoço. Um majestoso salão retangular, pintado em cor verde, com colunas em estilo jônico em suas laterais e, nas outras paredes, imensas janelas. Um espetáculo.

Reis procurou uma mesa bem posicionada e lá se sentou à espera do *maitre*. Ansioso ele estava por sorver um vinho branco ou até um bom espumante nacional. No entanto, qual foi sua surpresa.

— Sr. Leite, boa tarde. A Dra. Verônica já escolheu seu cardápio, que ficará pronto em instantes.

Reis ficou admirado com as providências daquela bela doutora e pediu a carta de vinhos.

A resposta do maitre não poderia ser mais decepcionante.

— Desculpe, Sr. Leite. Para o senhor só estão autorizados água mineral sem gás ou suco de frutas não processadas industrialmente.

O agente especial ficou "uma onça", quase uma jaguatirica. Reclamou, bufou, mas o *maitre* foi irredutível. Eram ordens médicas.

Diante de tão inevitável desfecho, Reis almoçou filé de frango grelhado, legumes salteados em pouco azeite, acompanhados de arroz integral. E, para beber, água mineral sem gás à vontade.

Reis estava tão indignado que dispensou a sobremesa: mamão papaia. Sugestão da Dra. Verônica para facilitar o trabalho do intestino, segundo foi bem detalhado pelo diligente *maitre*.

Bufando, o agente seguiu para as piscinas aquecidas que margeiam os fundos do hotel. Sentou-se e viu ao longe um garçom e fez sinal para vir atendê-lo.

Ele estava atento que as instruções da Dra. Verônica já estavam em "plena vigência", contudo, poderia haver algum incauto que o salvasse.

A sorte estava do lado de Reis, aliás, como sempre está. O garçom anotou o pedido em seu tablete com o máximo cuidado: uma lima da Pérsia espremida, uma dose de gim inglês, água tônica e gelo. Era o legítimo gim tônica que os ingleses bebiam na Índia colonial.

O drinque chegou e Reis maravilhou-se com o néctar dos deuses indianos.

No terceiro gole, o agente ouviu uma breve e assustadora pergunta vindo de trás dele:

— O que o senhor está bebendo?

O agente do Imperador rapidamente respondeu:

— Suco de limão. Faz bem para diminuir o meu refluxo gástrico.

A Dra. Verônica ladeou Reis e olhou para ele dizendo inocentemente:

— Não vi nada em seu prontuário sobre refluxo, mas se lhe faz bem, não há restrição.

Reis sorriu e continuou a sorver sua bebida, satisfeito por driblar o regime de campo de prisioneiros imposto por ela.

Em seguida, o agente a convidou para sentar-se, no que foi ignorado.

A Dra. Verônica imediatamente passou a agenda da tarde: banho pérola, massagem terapêutica e descanso no *hall* das termas.

Ordens são ordens, mesmo para o agente.

Ele fez o banho e a massagem, infelizmente, a massagista tinha a idade para ser mãe dele. A Dra. Verônica acompanhava tudo de perto, fazendo sugestões à massagista, seguidas por longas explicações técnicas.

Por fim, Reis dirigiu-se para o *hall* das termas para se deitar num dos divãs e apreciar o imenso vitral no teto, representando os momentos históricos da Província de Minas Gerais, desde a pré-história. Todos executados pelo belga Frank Urban, e abaixo imensos painéis pintados por Waldir Costa, representando os banhos pelos povos do mundo.

Após o jantar nos mesmos moldes do almoço, Reis voltou para o bar da piscina, ainda aberto, e pediu o mesmo "suco", no que foi prontamente atendido pelo diligente garçom.

Antes de se deitar, Reis foi até o salão Ouro Preto para ouvir uma banda de jazz que lá se apresentava. Aproveitou para flertar algumas mulheres no local, porém decidiu dormir sozinho, pois provavelmente a Dra. Verônica o interromperia em sua alcova. Ele pensou: estou virando um santo.

Voltou ao apartamento, passou pelo corredor e percebeu que a Dra. Verônica já estava no quarto e digitava algo no seu *laptop*.

Trocou de roupa, ligou a televisão por alguns instantes, mas os braços de Morfeu o agarraram e ele dormiu.

No meio da noite, Reis teve pesadelos, motivos não lhe faltavam face à sua profissão. Ele acordou. O quarto estava escuro, porém a porta estava entreaberta e uma mulher loira e alta coberta pela penumbra começava a entrar no quarto.

Pesadelo ou não, o agente não teve dúvidas, sacou sua pistola Walter PPK/S Black e sentou-se na cama.

Rapidamente, a mulher loira correu pelo corredor e saiu do apartamento. Reis a seguiu, mas quando ele saiu do apartamento não conseguiu encontrá-la. Correu pelo corredor pelo lado direito, voltou e foi para o lado esquerdo e retornou ao *hall* dos elevadores. Não havia viva alma. Ele foi até as escadas, que ficavam em frente aos elevadores, e também não viu ninguém.

Nesse momento a sineta do elevador tocou e dele saiu um jovem garçom do "room service", que viu Reis de pijama, empunhando uma arma.

O agente abaixou a arma e perguntou se o garçom havia visto alguém. Diante da resposta negativa, Reis agradeceu a atenção do jovem garçom, um pouco assustado com o hóspede armado.

Quando Reis ia voltar para o quarto, o jovem garçom, num momento de coragem, decidiu explicar o fato a Reis, indagando-lhe:

— O senhor viu uma mulher loura, é isto.

O agente, espantado com a pergunta, respondeu positivamente, e o jovem garçom resolveu tranquilizá-lo:

— Não se preocupe. É um fantasma. Ela aparece sempre pelos corredores e nos quartos tarde da noite. Apenas assusta as pessoas. Não faz mal nenhum. É a alma de uma mulher que se suicidou no Hotel Rádio, que existia próximo daqui, na década de 20 do século passado.

Reis sacudiu a cabeça como se estivesse concordando e arqueou suas sobrancelhas. Foi educado e agradeceu a explanação fantasmagórica do jovem garçom.

Voltou para o quarto. Trancou a porta e manteve-se atento. Ele sabia bem que não era um fantasma. Era uma ameaça.

No dia seguinte, após um frugal café da manhã, Reis foi tomar um banho de ervas.

As salas de banhos das Termas de Araxá eram individuais, compostas de dois ambientes. Um para a troca de roupa e outro em que se encontrava a banheira. As divisórias de alvenaria eram de meia parede, que não alcançavam o teto. Tinham apenas a altura necessária para garantir a privacidade dos hóspedes.

Chegando ao saguão das salas de banho, lhe foi indicada a cabine 8. E para lá ele seguiu. Retirou seu roupão e ficou apenas com o calção de banho. Quando ele se virou, deu de cara com uma funcionária das termas, uma terapeuta envergando o mesmo uniforme de toda a equipe das termas. Mas um detalhe logo lhe chamou a atenção: a mulher era alta e de cabelos louros presos num coque coberto por uma rede de crochê ou coisa parecida.

Ela era alta e forte. O agente logo percebeu que seu fantasma era de carne e osso.

Reis perguntou:

— Bom dia! Será você que vai me atender hoje? Pensei que fosse a Dra. Diana que cuidaria do meu banho.

A invenção de um nome buscava ver a reação da falsa terapeuta.

Ela respondeu a indagação com alguma hesitação:

— A Dra. Diana me pediu para substituí-la. Por favor, entre na banheira para iniciarmos seu banho.

O agente do Imperador já percebera que estava numa cilada e precisava pensar rápido para conseguir dominar sua algoz loura.

Reis caminhou em direção à banheira, parou e disse para a falsa terapeuta:

— Me parece melhor esperar a Dra. Diana.

A falsa terapeuta pegou-lhe no braço direito e falou:

— Você vai entrar nessa banheira e é agora.

O agente tentou abrir a mão que apertava seu braço direito com toda a força, mas a loura não soltou, ao contrário, apertou mais ainda. A força dela era descomunal, como o "viking" que quase o matou no vagão do metrô.

Reis observou que o piso da sala de banho estava molhado e escorregadio. Ele levantou a perna direita e deu um golpe certeiro no joelho esquerdo da loura.

Ela sentiu o golpe e o largou, abaixando-se para apertar o joelho. Reis se apoiou na beirada da banheira e subiu na meia parede. A falsa terapeuta tentava de toda forma derrubá-lo, buscando pegar as pernas do agente. Reis era ágil e fugia dela com certa facilidade.

Naquela altura, os funcionários das termas perceberam que havia algo errado, pois um hóspede andava por cima das meias paredes.

A gritaria era total. Reis pulava de parede em parede, até que a loura ensandecida decidiu também subir na meia parede, o que fez com extrema facilidade.

Quando ela subiu, Reis já se preparava para descer e fugir, pois sabia que não tinha forças suficientes para enfrentá-la. Nesse momento, chegaram os seguranças das termas e a agressora decidiu pular da meia parede e enfrentar os seguranças para depois fugir.

Ela pulou para o piso do corredor e partiu para cima dos seguranças. Abateu os dois com extrema facilidade e voltou-se para Reis, que ainda estava em cima da meia parede, mas mais para o fundo do pavilhão de salas de banho.

Entretanto, um novo contingente de seguranças chegou e eram uns dez homens, alguns armados.

A tresloucada loura correu em direção a eles, os jogou no chão do corredor e saiu do pavilhão com indescritível rapidez.

O ambiente ficou coalhado de pessoas: médicos, terapeutas, hóspedes e segurança. Uma muvuca.

Reis desceu da meia parede e foi imobilizado pelos seguranças, que acreditavam que ele também promovera aquela cena toda.

Apesar de sua argumentação, o agente continuou detido pelos seguranças, que o colocaram sentado numa cadeira e prenderam seus braços nela com fitas plásticas.

Os hóspedes foram evacuados do pavilhão das salas de banho e em seguida chegaram integrantes da Força Pública, que decidiram interrogar Reis.

O agente apenas "enrolou" os policiais, pois não podia de nenhuma forma permitir que descobrissem quem ele era na realidade.

Num determinado momento, Reis viu o seu motorista acompanhado de um homem alto e forte de gravata e jaleco branco, provavelmente o diretor das Termas.

Reis virou-se para os policiais e disse:

— Meu advogado chegou!

O homem que acompanha Jonas era de fato o diretor. Ele chamou o sargento que interrogava Reis. Entraram numa das cabines e travaram uma breve conversa.

O sargento de lá saiu e mandou imediatamente libertarem o agente do Imperador. As fitas plásticas foram cortadas. Reis levantou-se. O diretor e Jonas vieram ao encontro dele.

O diretor pediu que todos saíssem do pavilhão e, em seguida, ele se apresentou:

— Sou o Dr. André Luiz dos Santos, diretor das termas. Seu motorista me colocou em contato direto com o Ministro da Defesa, que me deu ordens expressas para liberá-lo imediatamente e dar toda a ajuda de que necessita.

Reis agradeceu com a inclinação da cabeça e quando ia falar, ouviu-se um grito de uma mulher no *hall* das termas.

Jonas, Reis e o diretor foram ao local. Uma das salas que davam para o hall estava com a porta aberta e correram para lá, acompanhados dos policiais presentes.

Ao chegarem viram uma das terapeutas em prantos com as mãos na cabeça e no chão jazia o corpo da Dra. Verônica.

O diretor abaixou e buscou sinais vitais, mas sentenciou:

— Ela está morta e pelas escoriações no pescoço, ela foi estrangulada.

Reis olhos aquela cena dantesca e saiu da sala. Quando olhou para cima, viu que o mezanino do *hall* das termas estava repleto de pessoas, todas em silêncio, tentando descobrir o que acontecia.

O agente perdeu o controle e começou a gritar para que todos fossem embora, que parassem de agir como corvos à espera da carniça.

O Dr. André Luiz encostou a mão no ombro direito de Reis e aconselhou:

— Meu amigo, acalme-se. Eles não têm culpa. São apenas curiosos. Infelizmente é da natureza humana.

Reis retomou o controle. Ele se sentia culpado pela morte da Dra. Verônica, pois se tivesse eliminado a loura assassina na madrugada, com certeza sua médica estaria viva. Ela fora morta para não atrapalhar a missão da loura assassina.

O diretor falou para Reis, venha à minha sala.

Ao chegarem na sala, Jonas ficou na parte de fora da sala, ao lado da porta, em vigia. O Dr. André foi até a estante e pediu para Reis sentar-se, abriu uma pequena porta basculante e sacou uma garrafa de Macallan 18 anos, derramando um pouco do líquido escocês num copo baixo de cristal, entregando-o ao agente.

— Isto vai relaxá-lo. Prescreveu o diretor.

O agente pegou o copo de whisky e tomou um grande gole, juntado os lábios em seguida e relaxando os ombros.

— Algumas vezes um bom whisky é o melhor remédio. Eu não sei quem você é, mas sei que não é esse tal de Randolfo Leite. Só sei que você é muito importante para o nosso Império, portanto, conte com minha ajuda.

Reis e o diretor conversaram longamente. A intenção do Dr. André Luiz era distrair o agente, para que, aos poucos, ficasse calmo e voltasse à normalidade.

O Dr. André Luiz, xará de Reis, além de médico renomado, era *expert* na história das bebidas alcoólicas e sobre o tema discorreu com grande facilidade, entretendo o agente do Imperador.

Passados 90 minutos, chegou um helicóptero da Força Aérea Imperial com um grupamento de infantaria, que veio buscar Reis e levá-lo para um local seguro.

Seu destino: a Província de São Paulo.

CAPÍTULO IV

Reis foi levado para a sede do Serviço Secreto Imperial em São Paulo, que ficava no subsolo no centro velho da capital paulista.

Ao chegar, passou por uma bateria de exames médicos, algo para o qual o agente não tinha muita paciência. Ao final dos exames rumou até a sala do Dr. Vinícius.

O Dr. Vinícius estava com o traje tradicional: calça jeans, camiseta de banda de rock, no caso Van Halen, um velho tênis e um jaleco branco com muitas canetas em seu bolso superior.

— Reis, pelo jeito não te querem vivo. Disse o Dr. Vinícius, levantando-se de sua cadeira e estendendo a mão para o agente.

— É o que parece. Respondeu Reis.

— Como você está bem e apenas sua pressão arterial está um pouco elevada, a equipe decidiu liberá-lo para o jantar de hoje. Orientou o Dr. Vinícius, apontando para o seu sofá, no qual encontrava-se um smoking, uma camisa branca, sapatos, abotoaduras etc.

— Vou jantar com quem? Indagou Reis.

— Você vai jantar às 21 horas com gente sem importância, apenas o Imperador, o Primeiro-Ministro, o Ministro da Defesa, e o Coronel Barroso. Falou o Dr. Vinícius em tom jocoso.

— Onde será? Perguntou o agente.

— Vai ser no restaurante no subsolo do Museu de História Natural no Ipiranga. Replicou o Dr. Vinícius.

— Mas lá nem foi inaugurado ainda o restaurante? Indagou novamente o agente.

— Por isso mesmo, Reis, ninguém vai imaginar que haverá um jantar lá hoje. De qualquer forma, a segurança será máxima, fique tranquilo. Reagiu o Dr. Vinícius.

Às 21 horas chegou o agente ao Museu de História Natural, que estava fechado, pois estava em obras, para a reinauguração comemorativa dos 200 anos da Independência do Brasil.

O carro blindado de Reis entrou pelo portão principal de obras e rumou para a frente do museu.

Ele foi recebido por dois agentes nível 2, que o levaram até o restaurante.

Era belíssimo o restaurante. Todo envidraçado localizado bem embaixo do museu, com teto negro e com vários spots de iluminação indireta, que tornavam o ambiente aconchegante. Os móveis eram modernos, todos em linha reta num tom de carvalho *hanôver*. Ao centro havia uma grande mesa já arrumada, totalmente iluminada. Ao seu lado havia um aparador, ao lado dele estavam algumas pessoas, o Primeiro-Ministro, Felipe Humberto Cordeiro, o novo ministro da defesa, Clayton Calixto, e o Coronel Barroso, chefe do Serviço Secreto Imperial. Todos em trajes de jantar.

Reis foi recebido pelo Coronel Barroso, sempre muito protocolar e sem sorrisos. Este tentou apresentar Reis, mas os demais já o conheciam.

Após os cumprimentos, ouviram-se passos de várias pessoas, era o Imperador Dom Pedro IV que chegava.

Ele chegou e foi direto ao encontro com Reis estendendo-lhe a mão. O Coronel Barroso ficava louco da vida quando isso acontecia. Afinal, ele era o superior de Reis, mas o Imperador só tinha olhos para o agente.

— Reis, meu amigo, que bom vê-lo, pensei que nunca mais o veria. Sofreu dois atentados e sobreviveu. Teve a sorte que os nossos outros agentes não tiveram. Mas o importante é que você está conosco. Mas, antes, vamos jantar e celebrar a sua presença conosco.

O Coronel Barroso já estava prestes a ter um chilique, pois a "dor de cotovelo" chegara ao seu nível máximo.

Todos se sentaram e o jantar teve início.

Primeiro serviram um sashimi de *blue fin* como entrada. A seguir veio o primeiro prato, uma porção de lulas à doré ladeada por uma salada de batatas banhadas por uma suave maionese Dijon, e, como prato principal, risoto de polvo. Tudo acompanhado por garrafas de Casa Valduga Leopoldina Chardonnay Gran Reserva, safra 2019. Como sobremesa, uma mousse de maracujá acompanhado de Cave Antiga Licoroso Moscato, safra 1999.

O jantar foi permeado de histórias contadas por Dom Pedro IV, sempre de bom humor, mas se percebia que a intenção dele era descontrair o ambiente, pois o que viria a ser discutido seria um tema de alta relevância para o Império Brasileiro.

Finalizada a refeição. O Primeiro-Ministro tomou a palavra:

— Senhores, em 1947, o Estados Unidos enviou uma esquadra para uma missão científica na Antártida, sob a organização do Contra-almirante Richard E. Bird. Ocorre que a esquadra era composta de 13 navios, 4.700 homens e 33 aeronaves, algo desproporcional para uma simples missão científica, que visava a instalar uma base americana no polo sul. Na verdade, depois de algumas décadas, descobrimos que a missão principal era destruir a última base nazista no planeta, denominada pelos alemães por Neuschwabenland. Os americanos não tiveram sucesso no primeiro ataque e sofreram pesadas baixas. Pelas informações que tivemos, os nazistas utilizaram as armas secretas produzidas pelos cientistas alemães, que não ficaram prontas antes da queda do III Reich. Após o retorno da esquadra, os Estados Unidos optaram por um ataque nuclear, que ocorreu meses depois. Posteriormente, o governo americano descobriu que a base foi destruída, mas no local não encontraram corpos e muito menos equipamentos sofisticados. Os nazistas haviam desaparecido.

Continuou o Primeiro-Ministro sua explanação:

— Nestes últimos 70 anos, nós monitoramos as atividades dos nazistas, principalmente os que se refugiaram na América do Sul. Nunca constatamos atividades deles que, de alguma forma, pudessem prejudicar o Brasil ou algum dos nossos aliados. Tudo mudou recentemente. Quando descobrimos, em 1985, que Josef Mengele havia vivido no Brasil passando-se por Wolfgang Gerhard, empreendemos uma imensa investigação sobre a estada dele no Brasil. Durante a década de 1960, Josef Mengele morou num sítio em Serra Negra, em cuja casa havia até uma torre, para que ele pudesse avistar a distância algum visitante inconveniente. Em 1985, os peritos da Polícia Nacional vasculharam toda a casa de Serra Negra e encontraram uma caixa de metal contendo anotações e gravações em fitas magnéticas, contudo, tudo era criptografado. Levamos décadas para descobrir o conteúdo dessas anotações. Só recentemente um perito descobriu que, no fundo da caixa, havia pequenas protuberâncias, que eram a chave para descodificar todo aquele material. Descobrimos que Mengele trabalhava no desenvolvimento de seres humanos alterados geneticamente para serem super soldados. Era algo muito avançado para a época, mas tínhamos apenas uma pequena fração dos estudos dele. A perícia presumiu que essa caixa fora esquecida no imóvel em 1969, quando da mudança dele para Caieiras, provavelmente em decorrência da urgência em sair da cidade.

O Primeiro-Ministro parou sua exposição para tomar um pouco de água e continuou. Era certo que todos os presentes estavam intrigados com essa longa exposição.

— Pois bem senhores. Agora descobrimos que o homem que atacou o comandante Reis tinha sido alterado geneticamente, de forma parecida com as anotações de Mengele. Passo a palavra ao Ministro da Defesa.

Nesse momento Clayton Calixto tomou a palavra. Ele era um homem de estatura mediana, de tez branca levemente bronzeada, usava óculos e já tinha poucos cabelos, apesar de não ter mais de 40 anos. Ele tinha origem no mercado financeiro, mas por sua inteligência acabou na política e havia sido nomeado para a pasta de Defesa há pouco tempo.

— Majestade, senhor Primeiro-Ministro, senhores. Como os senhores sabem, tenho muitos conhecidos no mercado financeiro internacional e acabo recebendo algumas informações que nos ajudam a controlar o tráfico de drogas, de armas, de pessoas etc. Nos últimos meses, agentes do Tesouro do Império, acionados a meu pedido, perceberam uma movimentação incrível de criptomoedas na Argentina, especificamente em Bariloche. Valores extraordinários. Também detectamos muitas remessas de ouro financeiro para Bariloche, algo muito incomum para aquelas paragens. Alguém por lá está estocando riquezas em cifras inimagináveis para o mais rico dos argentinos. É como se alguém estivesse se preparando para alguma situação de instabilidade econômica. As autoridades monetárias argentinas estão tão ocupadas com a crise econômica, que assola a Argentina, que nem perceberem o que está acontecendo em Bariloche. É certo que para a Inteligência brasileira há alguma ligação entre essas remessas de riquezas para Bariloche, os estudos de Josef Mengele e os atentados aos nossos agentes especiais do Serviço Secreto Imperial. Alguém quer minar nossa capacidade de reação por meio da espionagem.

O Ministro da Defesa dirigiu seus olhos para o Coronel Barroso e o indagou:

— Coronel Barroso, quando teremos agentes especiais prontos para investigar o que está acontecendo em Bariloche?

— Senhor Ministro. Como é de seu conhecimento perdemos cinco agentes especiais nos atentados e um está até hoje na UTI. O único sobrevivente em bom estado, se permitem o uso desse critério avaliativo, é o comandante Reis, mas que já estava aposentado e voltou à ativa a pedido de Sua Majestade. Mas ele já está velho para essas missões de alto risco. Assim, respondeu o Coronel Barroso dirigindo suas vistas para o agente Reis.

Reis apenas o olhou de soslaio. Um não suportava o outro.

Com uma brevíssima interrupção, como se fosse uma pausa cênica, o Coronel Barroso prosseguiu:

— Ministro Calixto, acredito que em 45 dias teremos cinco agentes classe 1 promovidos para agentes especiais e daí poderemos iniciar a missão em Bariloche.

— Coronel Barroso, infelizmente não temos 45 dias para esperar. Respondeu secamente o ministro da Defesa, que dirigiu seu olhar para o Primeiro-Ministro como esperando uma fala já combinada.

— Coronel Barroso, o Imperador quer saber a opinião do agente Reis sobre uma eventual missão em Bariloche. O senhor se incomoda se o consultássemos agora?

O Coronel Barroso ficou com o rosto rubro, arqueou suas sobrancelhas mostrando extrema contrariedade, mas sabia que não podia negar um pedido do Imperador, estando ele lá presente. Simplesmente o chefe do Serviço Secreto Imperial assentiu com um sinal afirmativo com a cabeça.

— Pois bem comandante Reis, qual a sua opinião sobre uma missão em Bariloche?

Reis pigarreou levemente e começou a falar:

— Majestade, senhores. Apesar de tudo, sinto-me apto para a missão, apesar da minha idade.

Nesse momento, Reis dirigiu seu olhar para o Coronel Barroso, que fazia de conta que não era para ele aquela "indireta".

— Bem, senhores, eu tenho condições de assumir essa missão de espionagem em Bariloche e tenho boas conexões no território argentino. Para mim é uma questão até de sobrevivência, pois tenho a certeza de que quem tentou me matar nas duas últimas vezes, tentará novamente e nesse caso quero estar na dianteira, para surpreendê-los.

— Excelente! Bradou o Imperador que até aquele momento se mantinha silente. Evidente ficou para todos a predileção do soberano pelo agente.

O agente agradeceu com um sorriso e um aceno com a cabeça.

— Então comandante Reis, o senhor terá dois dias para se preparar para a missão. Vamos inclui-lo na missão diplomática encabeçada pela princesa Cristina, que visitará a Argentina.

Com essa notícia o semblante de Reis iluminou-se. Era tudo o que ele queria ouvir.

— Coronel Barroso, disponibilize ao comandante Reis o que ele precisar. Ordenou o ministro da Defesa.

O Coronel Barroso soltou um breve: sim senhor. E se levantou da mesa despedindo-se dos presentes.

Reis também se levantou com a intenção de sair, quando foi chamado pelo Imperador:

— Reis, aguarde, quero lhe falar a sós.

Nesse momento o Coronel Barroso saiu da sala pisando duro, e só não bateu a porta do salão do restaurante pois era de vidro e tinha molas embutidas.

O Imperador fez sinal para que Reis o acompanhasse até os jardins do museu, em seguida começaram a conversar. Após algumas breves amenidades, o Imperador falou sério:

— Reis, eu fiquei com receio que você sucumbisse ao atentado que sofreu. Até estive no hospital para pessoalmente saber de seu estado de saúde. Eu sei que você já prestou enormes serviços à Pátria e já deveria gozar do devido sossego, mas meu pressentimento é de que algo terrível está sendo desenvolvido na Argentina. Algo tremendo. Eu me sinto como meu trisavô quando pressentiu que Solano Lopez tramava a invasão do Brasil.

— Majestade, no meu ramo, a intuição é um importante instrumento. Eu sinto que realmente há algo muito tenebroso ocorrendo e que deve ser de alto risco para qualquer um que busque investigar a respeito. Com certeza os agentes nível 1 seriam facilmente trucidados por aqueles brutamontes nórdicos.

— Reis, para mim você é o único para essa missão. Desejo-lhe sorte. Que Deus o acompanhe. Assim terminou o Imperador, encerrou o diálogo estendendo-lhe sua mão e depois o abraçando. Algo incomum de acontecer.

No dia seguinte, Reis foi para o Departamento de Patrimônio no subsolo do centro velho de São Paulo. Lá chegando foi recepcionado pelo Dr. Vinícius:

— Muito bem, nosso agente partirá para mais uma missão. O Coronel Barroso não gostou nada dessa ideia. Ele está furioso. Mas é dor de cotovelo.

— Então ele precisa de um ortopedista. Respondeu Reis, em tom de chacota.

O Dr. Vinícius riu e complementou:

— Ele queria ter o seu prestígio com o Imperador. Logo passa. E então do que precisa? Quer conhecer as nossas mais novas invenções. Temos novas engenhocas de alta tecnologia. Você vai gostar.

O Dr. Vinícius estava ao lado de uma mesa de tampo de aço inox e em cima dela havia uma pequena caixa metálica negra com os cantos em alumínio fosco. Ele a abriu e dela retirou um par de óculos de lentes no formato retangular e hastes em tamanho regular. Nada incomum.

Ele abriu as hastes dos óculos e entregou para Reis.

O agente do Imperador pegou os óculos com desdém e fez que iria atirá-los longe falando com deboche:

— Minha visão é 20 por 20, não preciso de óculos.

— Se eu fosse você não faria isso. Você está segurando um investimento de trinta milhões de reais.

Reis interrompeu seu ato de atirar os óculos, pegou cada haste com uma mão, olhou para eles como se fossem uma joia rara e vaticinou:

— Perfeitos para mim. Bem que o "oftalmo" me disse que um dia eu iria precisar de óculos.

— Reis, coloque os óculos e passe a mão direita na haste direta da frente para trás.

E assim Reis procedeu.

Logo uma imagem apareceu nas lentes com instruções indicando que o dispositivo estava ligado. Apareceram nas lentes a localização dele indicando coordenadas de latitude e longitude. Além de outros ícones.

— Reis. Esses óculos além de servirem para você manter contato conosco em qualquer parte do mundo, transmitindo som e imagem de alta definição, permite acesso a inúmeras informações de nossos bancos de dados. Além disso, funciona como binóculos ultra potentes e permite visão noturna. E, por fim, "a cereja do bolo": interfere com qualquer sistema de identificação facial, indicando uma outra pessoa nos sistemas.

O agente especial apertou os lábios fazendo uma expressão de aprovação. Em seguida ele perguntou ao Dr. Vinícius:

— Excelente. E quem eu serei ao ser identificado facialmente?

— Você será identificado com Konrad Schaeffer, um investidor brasileiro de origem alemã, cujo avô era filiado ao partido Nazista alemão. Todas as informações sobre ele foram inseridas pela nossa equipe, já que ele nunca existiu. Foi um trabalho árduo. Até as notas dele no ensino fundamental foram criadas.

Depois, o Dr. Vinícius abriu um envelope branco que estava sobre a mesa e dele retirou passaporte, cartões de créditos e cartões de visita fictícios e os entregou a Reis, dizendo:

— Sua nova identidade.

Reis pegou todo aquele material e o colocou nos bolsos de seu paletó, mas indagou:

— Bom, agora eu sou Konrad Schaeffer, mas preciso saber quem ele é, aliás, quem vocês disseram que ele era.

O Dr. Vinícius deu uma gargalhada e respondeu de chofre:

— Pergunte aos seus óculos. Por favor, os chame de Michele. É um equipamento de inteligência artificial, mas um tanto temperamental.

— Michele, quem sou eu? Perguntou Reis.

— Da próxima vez, por favor, inicie nossa conversa com uma saudação como bom dia, boa tarde ou boa noite. Foi o que Reis ouviu por meio das hastes dos óculos na parte próxima aos seus ouvidos. Tudo era transmitido por sinais elétricos ao cérebro de Reis, de forma que ninguém, exceto ele, ouvia as mensagens emitidas por Michele.

O agente do Imperador ficou impressionado. Era uma transmissão de som por meio neural. Ele já havia lido sobre essa tecnologia, que estava em pleno desenvolvimento. Por outro lado, já havia percebido que Michele era de fato temperamental e ele refez sua pergunta.

— Bom dia, Michele. Por gentileza, faça uma síntese de quem eu sou nessa minha missão.

— Você é Konrad Schaeffer. Nasceu em Santa Catarina, na cidade de Blumenau. Seu pai foi Ernest Schaeffer e sua mãe Clemencia Knipel Schaeffer. Neto do famigerado Johann Schaeffer. Nasceu em 25 de fevereiro de 1975, frequentou as melhores escolas de seu estado e concluiu seus estudos nos Estados Unidos da América, formando-se pela Universidade de Harvard.

Reis interrompeu a explanação.

— Ok. Muito obrigado, mais tarde completaremos esta síntese.

— Dr. Vinícius, não dava para ser menos temperamental?

— Acreditamos que você iria gostar de alguém tão genioso como você. Disse o ilustre cientista, finalizando com uma gargalhada.

— Agora venha comigo, Reis, quero te mostrar mais alguns itens que serão importantes para você.

E, assim, Reis passou a manhã toda no Departamento de Patrimônio.

Ao final da visita, Reis recebeu passagens aéreas para Buenos Aires e mais algumas instruções finais.

CAPÍTULO V

No dia seguinte, Reis rumou para o Aeroporto Internacional José Bonifácio de Andrada e Silva, mas acessou direto a pista por meio do portão restrito às autoridades. Ele veio numa van de cor preta sem qualquer espécie de identificação.

O veículo parou ao lado do *finger* do portão 301 e o agente do Imperador desceu do veículo, protegido pelo guarda-chuva de outro agente, pois caia uma chuva bem fina, e subiu a escada lateral que dava acesso ao corredor do equipamento, muito próximo à porta dianteira da aeronave.

Nesse mesmo instante, a Princesa Cristina vinha pelo mesmo *finger* para ingressar na aeronave que a levaria para Buenos Aires. À sua frente estava um agente vestindo um terno azul marinho, com camisa branca e gravata bordô. Ele tinha a mesma estatura de Reis. Logo em seguida, mais dois agentes do Serviço Secreto Imperial completavam a equipe de segurança da princesa.

O agente que estava à frente acelerou o passo de forma que a princesa o perdeu de vista nos contornos do *finger*. Quando ele chegou próximo à porta da aeronave, abriu a porta lateral do *finger* e desceu a escada para a pista e Reis subiu a mesma escada imediatamente, mantendo-se parado ao lado da porta da aeronave, de costas para a princesa que chegava sem perceber a troca, pois ambos estavam vestidos com roupas idênticas. A única diferença era que o terno de Reis fora confeccionado em *Saville Row*.

Mesmo de costas, o agente do Imperador fez um sinal para que ela entrasse na aeronave e ele a seguiu.

A comissária de bordo cumprimentou a princesa inclinando levemente e fazendo sinal para que ela ingressasse na ala executiva da aeronave.

A Família Imperial não utilizava aeronaves particulares. Os voos eram sempre feitos em companhias aéreas comerciais e, quando o destino era dentro do território nacional e de curta distância, Dom Pedro IV exigia o uso da poltrona da classe econômica, que atrapalhava em muito o trabalho dos agentes, que cuidavam de sua segurança e dos demais integrantes da Família Imperial.

Mas, em voos internacionais, por questões de segurança, o Serviço Secreto conseguia colocá-los em poltronas da classe executiva, mas jamais na primeira classe. Dom Pedro IV não admitia gastos excessivos.

A Princesa Cristina sentou-se na primeira poltrona do lado esquerdo e ao seu lado sentou-se o agente Reis. Ela nem percebeu, pois olhava pela janela observando aquele dia chuvoso. Quando ela se virou e viu Reis ao seu lado, exclamou:

— Você aqui, de onde veio?

— Alteza, com o máximo respeito, não importa de onde vim, o que importa é que estou aqui. Não acha? Disse Reis, em tom baixo.

Ela, recompondo-se da surpresa, respondeu em tom mais baixo ainda:

— Seu cachorro. Depois de Paris nunca mais te encontrei. Quando eu soube o que aconteceu no Metrô, pensei que nunca mais te veria. Fui te ver no hospital com meu pai e você se recuperou e nem me mandou uma mensagem.

Reis, com muita calma, tentou responder:

— Alteza.

— Alteza, pare com isso, você sabe que eu odeio quando você me chama de Alteza. Interrompeu a Princesa Cristina.

— Princesa. O agente tentou, inutilmente, continuar.

— Pare, Reis. Alertou a princesa, já elevando o tom de voz, começando a chamar a atenção dos outros passageiros da classe executiva.

A princesa percebeu que se exaltou e virou o rosto para a janela, tentando ignorar o agente especial. Os demais passageiros disfarçaram, fazendo de conta de que nada estava acontecendo.

Reis aproximou da poltrona da princesa e buscou reiniciar a conversa, falando em tom mais baixo.

— Cristina, por favor, me ouça.

A princesa continuou olhando para a janela, impassível.

Prosseguiu o agente especial:

— Cristina, quando da minha alta, eu fui direto do hospital para o Grande Hotel de Araxá. Lá eu sofri um novo atentado. Não havia como te falar a respeito.

— Ah! Sei. Você é um malandro. Tua fama te precede. E eu com dó de você. Respondeu a princesa em voz mais elevada e eivada de cólera.

O agente do Imperador não tinha muita paciência com as mulheres, mas no caso da Princesa Cristina era diferente. Assim, ele respondeu.

— Muito bem. Você está irritada e nossa conversa não vai seguir um bom rumo. Vou apenas cuidar de sua segurança até a chegada a Buenos Aires.

A princesa pegou uma revista no bolsão à frente de sua poltrona e fez de conta que estava lendo, mas não percebeu que a revista estava de ponta cabeça. Logo percebeu o ocorrido e colocou a revista na posição correta e de soslaio percebeu que o agente especial esboçava um sorriso pela situação, o que a deixou mais irritada.

Ela permaneceu quieta em toda a viagem, mas prestava atenção no que acontecia na poltrona ao lado em que estava sentado Reis.

Para piorar a situação, as aeromoças davam uma atenção toda especial para ele, o que irritava mais ainda a princesa. Reis aproveitava para "dar mais corda" para as aeromoças também.

Passadas duas horas e trinta minutos, o avião pousou no Aeroporto de Ezeiza.

Reis levantou-se e foi até a porta de desembarque encontrar os outros dois agentes que estavam na classe econômica. Os três ficaram de prontidão aguardando a vinda a princesa até a porta.

Quando ela estava quase chegando à porta, Reis saiu à frente. Parou, olhou para os lados, foi até a porta do *finger* para acesso externo e olhou pela vidraça. Constatou que tudo estava seguro e foi à frente da princesa e atrás dela os outros dois agentes.

Em total silêncio seguiram até a imigração e foram para o guichê de atendimento a diplomatas. Reis sacou do bolso os passaportes dos quatro e entregou ao funcionário da imigração. Logo chegou o embaixador brasileiro, J.P. Camparini, para receber a princesa. Ele estava ladeado por dois fuzileiros navais para reforçar a segurança da princesa.

Nesse momento, Reis dirigiu a palavra à princesa, esta ainda de cara fechada.

— Alteza, agora o embaixador irá acompanhá-la até a embaixada e estes dois agentes seguirão como sua escolta.

— E o senhor não vai me acompanhar na minha visita? Indagou a princesa.

— Lamentavelmente, minha atuação encerra-se aqui.

A resposta foi peremptória.

— Eu já imaginava. Deve ter outros compromissos.

O embaixador brasileiro ouviu tudo, mas nada entendeu e percebeu que era melhor deixar o assunto como estava. Anos de diplomacia lhe ensinaram a hora exata de não abrir a boca.

A princesa seguiu pelo saguão na companhia do embaixador, Reis aguardou alguns instantes e foi retirar sua mala de viagem.

Evidentemente que o agente encontrou as aeromoças do seu voo e trocou números de WhatsApp.

Mas ele tinha uma missão a cumprir e colocou seus óculos, devidamente ativados. Agora ele era Konrad Schaeffer.

CAPÍTULO VI

O agente especial dirigiu-se à saída de passageiros, no saguão de desembarque. Ao abrir a porta automática ele viu um rapaz de pele clara e cabelos negros, de estatura mediana, empunhando um cartaz escrito: Konrad Schaeffer.

O agente se dirigiu a ele. Parou em frente ao rapaz, que abaixou o cartaz.

— Rapaz, como você cresceu. Exclamou Reis.

Pedro Victor Mendes abriu um largo sorriso respondendo.

— Cresci. Nos vimos da última vez quando meu pai ainda era vivo. Eu era adolescente. Mas o senhor em nada mudou, apenas o cabelo está um pouco grisalho e agora usa óculos.

Reis abriu os braços e deu um abraço forte em Pedro, quando disse-lhe em voz mais baixa:

— Que bom revê-lo. Sinto muito a falta de seu pai. Um grande agente. Sempre me recebeu muito bem nas vezes que estive por aqui.

— Meu pai também gostava de você. Infelizmente a vida dele foi encurtada pelo câncer avassalador que ele sofreu.

— Pelo menos ele teve tempo de nos dar um agente seguindo a sua estirpe. É o único caso que conheço no Serviço Secreto Imperial de um agente ser filho de outro, comentou Reis.

De fato, o pai de Pedro havia obtido autorização do Coronel Barroso para formar um agente em solo argentino e o fez, mas não conseguiu ver seu filho receber as credenciais de sua função. Isto era a exceção da exceção, pois o Coronel Barroso nunca permitiu um ato fora da regra. Mas no caso do pai do Pedro foi tudo diferente.

Eles começaram a andar em direção à saída, conversando.

— E o Coronel Barroso, como ele está?

— Irritado, como sempre. Respondeu Reis laconicamente.

Pedro sorriu e complementou:

— Vocês não se gostam, mas ele tem que te tolerar, afinal, é o querido do Imperador.

O agente especial sorriu.

— Sua Majestade apenas me estima mais do que ao Coronel. É só isso.

— Sei... Respondeu Pedro com um breve sorrisinho.

— Bom, mudando de assunto, onde vamos almoçar? Perguntou Reis.

— No Dom Lozano. É o melhor churrasco daqui. Consegui uma mesa com muito custo. Lá conversaremos sobre a missão.

À porta do aeroporto estava aguardando uma limusine Mercedes Maybach S600 Pullman na cor preta. Um belíssimo veículo.

O motorista fardado veio pegar a mala e abrir a porta para a entrada de Reis e de Pedro. Depois guardou-a e veio ao volante.

O motorista nada falou. Total silêncio.

— É, você faz as mesmas coisas que teu pai. Tudo em grande estilo.

— Ele fazia só para quem merecia. Disse Pedro, sorrindo.

Passados 40 minutos, eles chegaram ao restaurante que ficava numa esquina no bairro de Palermo. Era todo envidraçado com esquadrias em madeira e um pequeno toldo em branco e verde. Na rua, uma imensa fila.

A limusine parou bem na esquina e ambos desceram do veículo. Todos na proximidade ficaram olhando para os dois. Pedro foi à frente e foi recebido ainda na parte de fora pela *hostess*. Uma linda e esguia portenha de cabelos negros.

— ¡*Dom Pedro Mendes, mucho gusto!*

Logo ela abriu a porta e eles entraram. Todos que estavam lá fora ficaram olhando.

Foram levados para uma mesa no mezanino estrategicamente colocada num local em que não havia outras pessoas. Tudo antecipadamente planejado por Pedro.

— É astigmatismo ou miopia? Indagou Pedro a Reis.

Reis sorriu e respondeu:

— Invenção do Dr. Vinícius.

— Opa! Deve ser algo muito especial, mas já sei que não posso perguntar a respeito de suas funcionalidades. Asseverou Pedro.

— Infelizmente, não posso comentar. É o protocolo de segurança. Respondeu Reis secamente.

Abrindo o cardápio, Pedro mudou o assunto:

— Pensei em pedir uma provoleta de entrada, uma assado de tira acompanhado de um risoto de presunto cru espanhol e por fim um *tiramissù*. Dizem que é o melhor de Buenos Aires. Quanto à bebida, sugiro um Zuccardi Finca Piedra Infinita Gravascal 2018, depois, sem querer ofender os "nuestros hermanos argentinos", um Fabula Late Harvest 2018, uruguaio, da Pisano. E, por fim, um limoncello Francescano Natura Assisi, para fazer a digestão.

— Excelente. Tens o bom gosto do pai. Afirmou o agente do Imperador.

E, assim, prosseguiu o almoço.

Ao final, disse Pedro:

— Fiz todas as reservas como você me pediu, mas ficar hospedado no Vosquelen... Isto não combina com você. É um hotel velho, caindo aos pedaços. O ideal seria o Duo Zhao, este sim, um hotel cinco estrelas de gabarito.

Reis franziu a testa e levantou os olhos, respondendo:

— É uma questão pessoal. Gosto de hotéis antigos.

— Mas... Retrucou Pedro.

— Pedro, sem mas. Finalizou o tema Reis.

— Ok. Você é que manda. O seu jato executivo sai às 17 horas do Aeroparque e chegará em Bariloche às 19 horas. No aeroporto de Bariloche, no desembarque, haverá uma pessoa com um cartaz para receber Konrad Schaeffer. Ele o levará ao hotel. Cuidado para não se perder no aeroporto de Bariloche, concluiu Pedro, em tom de ironia, já que o aeroporto era muito pequeno.

No restaurante, eles conversaram mais um pouco e Pedro foi levar o agente especial até o Aeroparque.

CAPÍTULO VII

Reis embarcou num Thenon 100 da Brasiler e aproveitou para tirar um cochilo, já que não havia nenhuma companhia feminina no voo, apenas o piloto e o copiloto. Dois argentinos carrancudos, provavelmente mal-humorados com os problemas políticos e econômicos que o país enfrentava duramente.

Quando chegaram a Bariloche, Reis retirou da mala um sobretudo marrom de pele de camelo, para suportar o frio acachapante que fustigava a cidade turística argentina, e seguiu ao encontro com o motorista, que vinha pegá-lo.

Uma Mercedes C 180, ano 2015, na cor preta, esperava Reis. O motorista abriu a porta para o agente do Imperador e guardou a mala. Ele nada falou, apenas cumprimentou o agente especial.

Antes de entrar no automóvel, Reis foi alertado por seus óculos da existência de câmeras de reconhecimento facial. Ele girou a cabeça para a esquerda e depois para a direita e viu que no canto superior da laje da área de desembarque havia uma câmera. Era sinal de que já estava sendo monitorado, provavelmente por terceiros, já que aquela tecnologia ainda era de uso muito restrito na Argentina.

O agente especial entrou no veículo, acomodou-se e passou a apreciar a paisagem já bem obscurecida pela noite.

O motorista continuou silente. Nem um "piu", o que não era muito comum para um argentino.

Reis observou que Bariloche já não estava tão bem cuidada como no passado. Sinal evidente das dificuldades que assolavam a Argentina, mas a paisagem ainda era belíssima.

Depois de 50 minutos, eles chegaram ao Hotel Vosquelen.

Era um hotel de porte da década de 30 do século XX, de três andares, seguindo o estilo germânico em madeira clara. Reis estranhou que não havia muitos veículos estacionados no pátio do hotel, o que era incomum, pois vigorava a alta temporada de inverno, oportunidade em que Bariloche lotava.

Logo na entrada do hotel, bem ao centro da construção, havia um cão de médio porte dormindo, que assim permaneceu, mesmo na presença de Reis. Parecia que tudo por lá estava em estado letárgico.

Não havia um porteiro ou um empregado do hotel para carregar as malas.

O ambiente era meio lúgubre. Reis passou pelas portas de vidro da entrada e prosseguiu até o balcão de atendimento. Ao se aproximar, ergueu-se um homem esguio com a aparência cansada. Ele era bem grisalho com as sobrancelhas bem escuras e olhos castanhos escuros bem pequenos. Levantou-se e esticou o surrado paletó de seu terno.

O agente especial sabia quem ele era. Angel, o gerente.

Angel cumprimentou Reis e olhou bem para o seu rosto, como se o conhecesse, mas nada falou.

Reis respondeu ao cumprimento e apresentou seu passaporte e o cartão de crédito. Agora ele era Konrad Schaeffer.

O gerente informou a Reis que a melhor suíte do hotel estava reservada para ele e que tudo já estava pago, de forma que o cartão de crédito seria desnecessário.

O próprio gerente carregou a mala do agente especial. Pegaram o pequeno elevador e seguiram para o último andar.

A suíte de Reis era toda com paredes brancas e cama confortável. As poltronas eram em cores mais vivas, mas tudo estava meio desgastado. O banheiro do quarto era todo branco com uma grande banheira, algo que remetia aos anos 50 do século XX.

O gerente Angel prestou esclarecimentos sobre os procedimentos do hotel e das comodidades da suíte. Reis percebia que o gerente estava um pouco acabrunhado, pois sabia que o esplendor do passado já se fora e que ele tentava de alguma forma dar glamour a algo que já havia perdido seu brilho.

Reis foi muito gentil com o gerente, sacou uma nota de cem dólares de sua carteira e esticou o braço em direção ao constrangido Angel. O gerente num primeiro momento não quis receber, mas diante da insistência do agente especial acabou aceitando. Naquele momento, nenhum argentino recusaria uma gorjeta gorda como aquela.

Angel saiu da suíte e encostou a porta. Reis foi até as janelas e olhou o lago Nahuel Huapi, escurecido pela noite. Nesse momento, os olhos do agente começaram a marejar. Ele enfiou as mãos nos bolsos das calças de seu terno de lã e por longos minutos ficou prostado, rememorando um passado que lhe era muito gratificante.

Depois, Reis decidiu tomar uma ducha e seguir para o jantar oferecido pelo próprio hotel. O salão do restaurante era o mesmo de décadas. Todo revestido em madeira clara. Com lareira e lustres de candelabros, bem ao estilo alemão.

As mesas eram redondas, todas adornadas com toalhas brancas, bem alvas. Apesar da aparente decadência do hotel, o restaurante mantinha a sua opulência do passado. Poucos hospedes estavam no salão jantando. Não passavam de quinze pessoas. Ao final do jantar, Reis andou pelo hotel e foi até a piscina aquecida, toda envidraçada. Os corredores que levavam até a piscina estavam vazios. Ele não encontrou sequer um hóspede. Apenas encontrou um balde represando uma insistente goteira. No passado, aquele hotel fervilhava de hóspedes na temporada de inverno e na de verão também. As imagens daquela época povoavam a mente de Reis.

A piscina estava com poucas luzes acesas. O agente do Imperador andou pelo local e percebeu que alguém se escondia nas sombras.

Ao se virar, Reis ouviu um barulho de uma pessoa andando rapidamente, seguindo para parte superior do hotel.

O agente especial até colocou a mão dentro de paletó para sacar a sua pistola Walter PPK, mas desistiu da ideia. Ele pressentia que não era um profissional, mas alguém do próprio hotel.

Ele voltou pelo mesmo corredor e foi até a sala do bar. Quando lá chegou encontrou o gerente meio esbaforido. Com certeza era ele que estava vigiando Reis.

O agente especial pediu ao gerente um café e um tradicional licor Tia Maria ao gerente, pois só estava ele no local. Não havia outros empregados por perto.

Com todo o cuidado, o gerente tirou um café *espresso* e o colocou numa pequena bandeja de prata, ladeado por um belíssimo cálice de cristal da Bohemia lapidado com o licor.

Reis sentou-se numa poltrona e logo em seguida o café lhe foi servido.

O gerente não se conteve.

— Perdoe-me, mas o senhor já não esteve neste hotel? Sua fisionomia não me é estranha. Falou o gerente, num português com um leve acento anasalado.

Reis sorriu, cumprimentou Angel pelo bom português dele e, no mesmo idioma, disse que era a primeira vez que estava naquele hotel, mentindo, é claro, mas indagou o gerente o motivo de sua pergunta.

— É que seu rosto me é familiar.

— Ah! Entendo. Devo lembrar alguém. Deve ser isso. Respondeu o agente do Imperador, fazendo mais uma pergunta, da qual ele já sabia a resposta.

— Onde você aprendeu a falar português tão bem?

— No passado, recebíamos muitos brasileiros. Famílias ricas, que passavam a temporada de inverno por aqui. Depois de tanto tempo com eles, acabei aprendendo a entender e falar português.

A partir daquele momento os dois conversaram longamente.

CAPÍTULO VIII

No dia seguinte, Reis acordou com um leve ruído. Era um convite que foi enfiado por debaixo da porta. Algo, digamos, meio antiquado.

O agente levantou-se, foi até a porta e pegou o convite. Era um envelope de tamanho médio, bem encorpado e devidamente lacrado.

Reis abriu o envelope e dentro havia um cartão com os seguintes dizeres, em português:

"É uma honra para nós recebermos sua visita, Sr. Konrad Schaeffer. Temos a certeza de que fez boa viagem. Convidamos V.Sa. para um almoço hoje no Hotel Duo Zhao. Às 12 horas uma van irá buscá-lo. Contamos com sua presença. Saudações da Sociedade Alemã para o Progresso da América Latina."

O agente do Imperador rapidamente colocou seus óculos especiais e os acionou. Rapidamente, ele ouviu a voz do Dr. Vinícius:

— Reis, achamos que você não queria falar conosco. Todos esses dias no maior silêncio.

— Estava refletindo sobre o sentido da vida. Respondeu Reis com uma voz meio sonolenta.

O Sr. Vinícius soltou uma gargalhada e falou:

— O sentido da vida para você é boa companhia, boa comida e boa bebida. Eu te conheço. Em que posso servir ao nosso novo filósofo?

— Veja este cartão que acabo de receber. Disse Reis apontado sua visão com os óculos para o cartão.

Depois de poucos instantes respondeu o Dr. Vinícius:

— Reis, pelos nossos arquivos, essa sociedade é apenas uma organização de fachada, que vem recebendo nos últimos tempos uma verdadeira fortuna em transferências bancárias internacionais. Não sei como os "hermanos" não perceberam.

— OK. Então é nesse almoço que Konrad Schaeffer irá. Ao sair do hotel, já acionarei os óculos para vocês monitorarem tudo.

Exatamente às 12 horas, o telefone tocou no quarto de Reis. Pontualidade germânica.

Reis vestia um terno de azul médio de lã italiano e um casaco de pele de camelo. Decidiu descer às escadarias do hotel.

Ao chegar à portaria, ele viu Ángel com cara de assustado. Quando ele percebeu que Reis ia para van, ele o chamou até o balcão e falou bem baixo:

— Sr. Konrad. Confie em mim. Tome cuidado com essa gente.

Reis assentiu com a cabeça, como se estivesse concordando. De fato, o agente do Imperador sabia que estava a caminho do "ninho das cobras".

Ao chegar próximo à van, Reis já foi saudado em alemão:

—Gut Morgen, her Konrad.

Reis assentiu com a cabeça e entrou no veículo. Ele não falava alemão com fluência, então decidiu fazer cara de emburrado, para não permitir qualquer conversa.

Rapidamente, eles chegaram ao hotel Duo Zhao. Era uma grande construção em estilo germânico clássico, tendo todas as paredes do andar térreo cobertas por grossas toras de madeira clara. Era o melhor hotel de Bariloche.

Quando Reis desceu da van uma *hostess* o esperava. Uma mulher lindíssima de cabelos loiros e olhos azuis, com um corpo escultural. Vestia um *tailleur* preto de lã e sapatos de salto alto também pretos, o que contrastava bem com a peculiar cor de pele clara.

Ela cumprimentou Reis e disse em fluente português.

— Eu sou Cláudia. Sr. Konrad prefere falar em português ou alemão? Se desejar posso falar em inglês e espanhol também.

Nesse momento Reis ouviu a voz vinda de seus óculos que só ele podia ouvir:

— Além de linda é poliglota. Mais uma vítima para nosso agente.

Era o Dr. Vinícius assistindo às imagens nítidas emitidas pelos óculos de Reis. Ele estava ladeado por M, B e H, que a tudo assistiam.

Reis respondeu o cumprimento e disse que preferia falar em português.

— Ótimo. Como foi sua viagem? Espero que tenha sido tranquila. As coisas aqui na Argentina estão, digamos, um pouco agitadas.

Ela se referia às inúmeras manifestações que ocorriam na Argentina naquele momento, motivadas pela grave crise econômica e política pela qual o país passava. Algo meio que comum, mas na verdade eram as manifestações mais rumorosas e agitadas dos últimos tempos. O governo federal argentino mantinha-se no poder por um fio. O presidente só não caiu, pois o Império do Brasil fez um empréstimo de 5 bilhões de dólares, meio que a fundo perdido.

A bela *hostess* prosseguiu:

— Eu vou levá-lo ao salão principal.

Eles subiram a escadaria principal que dava acesso ao interior do hotel, que desembocava no imenso lobby, cheio de poltronas e sofás confortáveis. O fundo do andar térreo era todo envidraçado, o que trazia uma luminosidade esplendida ao ambiente.

Ao chegarem à porta do salão, a hostess pegou um cartão que retirou de dentro do tailleur por dentro do bojo em que estava seu seio esquerdo e enfiou no bolso do paletó de Reis, fazendo um olhar languido.

O agente sorriu e enfiou a mão no bolso e consultou o cartão no qual havia o nome da *hostess* e o número de seu telefone e seu Instagram.

— Pronto, a presa se entregou. Vaticinou o Dr. Vinícius.

Reis sacudiu a cabeça e adentrou o salão. Logo as lentes dos óculos de Reis informaram a existência de várias câmeras para identificação facial. Ou seja, todas já anunciavam a presença de Konrad Schaeffer.

Logo um homem de terno cinza escuro e camisa branca com gravata preta veio ao encontro de Reis dizendo:

— Sr. Konrad Schaeffer, seja bem-vindo. Eu sei que prefere falar português. É compreensível para aqueles que não nasceram na nossa mãe, a pátria alemã. Vou acompanhá-lo até sua mesa.

Os dois atravessaram o salão lotado de pessoas. A maioria homens e mulheres de meia idade e idosos. Pouquíssimos jovens.

As mesas eram todas redondas para oito pessoas.

O agente do Imperador foi levado a uma mesa já com sete pessoas. Antes de se sentar, o homem que recebeu Reis apresentou-o aos integrantes da mesa.

Todos se levantaram e o cumprimentaram de forma muito entusiástica. Um dele, um homem idoso forte, alto de cabelos brancos, penteados para trás, muito bem-vestido, dirigiu-lhe a palavra de forma firme e direta:

— Sr. Konrad. Desculpe-me a franqueza. Eu sou empresário no Brasil e não o conhecia. Aliás, somente recentemente soube de sua existência.

Reis já estava com o *script* preparado:

— Meu pai, Ernest Schaeffer, me mandou estudar em Harvard e por lá fiquei até recentemente, sempre cuidando dos investimentos da família. Com a morte recente de meu pai retornei ao Brasil.

— Também não me lembro de Ernest Schaeffer. Respondeu o inquisidor.

O agente do Imperador ainda de pé matou a questão:

— O senhor pode não ter conhecido meu pai, mas meu avô com certeza já ouviu falar. Ele era Johann Schaeffer.

O inquisidor ficou vermelho e olhou para um outro senhor que estava sentado, mais velho do que ele, que fez sinal coma cabeça como se assentia ou confirmasse a informação.

— Desculpe, Sr. Konrad. Eu sei bem quem foi seu avô e os excelentes serviços que prestou à pátria alemã, durante a Segunda Grande Guerra. Mas, somos obrigados a nos certificar da, digamos, legitimidade dos nossos parceiros.

Na verdade, Johann Schaeffer foi um empresário que teve meteórica ascensão empresarial, aproveitando-se da corrupção do Partido Nazista e do uso de mão de obra escrava. Ele havia se suicidado quando os americanos tomaram Munique. Os filhos foram envenenados como os filhos de Goebbels. Mas havia dúvidas se todos os filhos haviam morrido.

Reis sentando-se respondeu:

— Por favor, é totalmente compreensível.

CAPÍTULO IX

Logo no palco, que foi erigido no salão em sua parte frontal, um homem alto, de cabelos bem castanhos, trajando um terno preto, com camisa preta e gravata preta tomou a palavra.

A pessoa ao lado de Reis fez sinal para ele colocar o equipamento de tradução simultânea, que estava sobre a mesa ao lado do seu prato. Alguns na mesa também tinham o equipamento e outros não. O agente logo imaginou que o discurso seria em alemão.

Todos os presentes se levantaram como se ele fosse uma alta autoridade. Reis também se levantou, é claro.

Todas as portas do recinto foram fechadas e os garçons e os seguranças saíram do salão com uma rapidez incrível.

O estranho sujeito, que mais parecia um abutre, começou seu discurso em alemão, que era traduzido em português para Reis em seu equipamento de tradução simultânea:

— Bom dia, senhores. Esta sala está a partir de agora hermeticamente blindada. Nenhum equipamento eletrônico pessoal funcionará. O que será dito aqui, por aqui permanecerá. Cada um dos senhores, a partir de agora será monitorado por nossa equipe, para sua segurança e para a segurança de nosso projeto.

Uma salva de palmas inundou o ambiente.

E ele prosseguiu sem se apresentar:

— Nosso líder está pronto. Seus colaboradores estão prontos e é chegada a hora em que faremos os devidos ajustes na história. Foram mais de setenta anos de preparação e, com a ajuda de cada um dos senhores, o sonho do nosso líder vai ser realizado, para a glória da mãe pátria. Desta vez, tudo correrá como planejado. Temos a mais alta tecnologia e nossos colaboradores são os mais bem treinados até hoje. Tudo foi meticulosamente estudado. Em nome do nosso líder, eu agradeço os esforços de cada um dos senhores. Ele pede que retornem a seus países e continuem com a rotina de suas vidas. Logo serão contatados e receberão suas instruções para o momento.

— Viva a mãe pátria!

Todos começaram a aplaudir de forma muito entusiasmada, alguns até eufóricos. Um homem da mesa ao lado da mesa de Reis começou a levantar o braço direito, como se fosse fazer a saudação nazista, mas o companheiro a seu ao lado segurou-lhe a mão e fez sinal de reprovação com a cabeça.

Rapidamente o interlocutor saiu do palco e simplesmente desapareceu.

Logo as portas foram reabertas e os seguranças e os garçons voltaram ao salão.

Reis ouviu em seus óculos:

— Reis, o que houve? perdemos a transmissão.

O agente virou-se para o lado e disse para o seu vizinho de mesa, como se estivesse comentando:

— Incrível a tecnologia. Sala blindada e tudo hermeticamente fechado.

A resposta chegou aos laboratórios do Serviço Secreto Imperial.

Disfarçando todo o tempo, Reis foi transmitindo informações ao Serviço Secreto Imperial por meio de conversas com os integrantes da mesa.

Finalizado o almoço, o agente do Imperador retornou ao hotel.

Quando chegou ao hotel, logo no corredor de entrada, Reis notou uma movimentação dos poucos empregados em frente ao monitor de TV da recepção. Entre eles estava Angel.

O agente especial perguntou a Angel o que estava acontecendo e este lhe respondeu com certo ceticismo:

— Um turista de Buenos Aires diz que viu “El Patagon” na fronteira próximo a Villa la Angostura. Os argentinos estão tão atormentados com os problemas econômicos que estão vendo coisas.

— El Patagon? Do que se trata, Angel? Indagou Reis.

— É igual ao Pé Grande dos americanos. É uma lenda da região. Bobagem do povo. Ultimamente até discos voadores estão sendo vistos na região. É tudo bobagem, Sr. Schaeffer.

Reis agradeceu a informação e foi para o quarto. Ele entrou, tirou o casaco e o paletó e se deitou na cama. Pensou por algum tempo. Ele pediu para Michele, a inteligência artificial de seus óculos, informações sobre esses aparecimentos do “El Patagon” e dos discos voadores na região próxima a Villa la Angostura.

Quando o material lhe foi imediatamente disponibilizado, Reis ficou abismado com a quantidade de aparições ocorridas nos últimos meses. Inúmeros relatos de objetos voadores não identificados em formato de bumerangue e do “El Patagon”.

A intuição do agente do Imperador dizia-lhe para investigar o local.

No dia seguinte, Reis colocou sua roupa para andar na neve e com a desculpa de esquiar saiu do hotel e alugou um

SUV com tração quatro por quatro para enfrentar a neve na estrada.

Quando estava na loja de locação de automóveis, perguntaram-lhe para onde ia e ele disse que iria até a fronteira do Chile com a Argentina, passando por Villa la Angostura.

A funcionária que o atendia, aliás, uma jovem e bela argentina, alertou-o que, para passar pela Aduana, ele precisaria de uma autorização especial concedida pela própria locadora. Ela, diligentemente, providenciou o documento e o entregou a ele.

Reis agradeceu e pensou na oportunidade que estava perdendo com aquela linda e atenciosa argentina. Mas, dever era dever.

Ao sair da locadora, Reis entrou num antigo Land Rover Defender 110 SW que alugou. Era até uma raridade um carro com quase dez anos de uso ainda estar na frota da locadora. Ele conhecia o veículo e sabia que era valente o suficiente para enfrentar a neve na estrada ou fora dela.

O agente do Imperador pegou a estrada até a divisa da Argentina com o Chile. Diante do inverno rigoroso, a paisagem era desoladora: muita neve e árvores enegrecidas sem qualquer folha. Mas, na visão de Reis e da maioria dos turistas, aquela paisagem tinha sua beleza e encanto, pois a neve brilhava com os esparsos raios solares e o silêncio absoluto traziam consigo toda uma aura, que impactava a qualquer um que não fosse daquela região premiada pela natureza.

O agente do Imperador, sempre atento, percebeu que um Mitsubishi Pajero Full de cor azul o seguia por algum tempo.

Depois de uns 30 minutos de estrada, o agente especial chegou ao posto de imigração argentino. Era uma construção térrea, semelhante a um pedágio, mas que todos eram obrigados a parar e levar seus documentos para a liberação dos oficiais da imigração.

Reis parou o veículo nas vagas indicadas pelos funcionários da imigração e observou que a Pajero parou distante uns vinte metros de onde havia estacionado. Reis constatou que eram quatro homens altos, muito fortes, todos loiros. Pareciam vikings. Nesse momento o agente do Imperador teve um breve lampejo em sua mente e se lembrou do brutamontes que quase o matou no vagão do Metrô de São Paulo. Eles eram muito semelhantes.

O agente do Imperador logo seguiu para o balcão da imigração, entrou na pequena fila que havia e apresentou seu passaporte, preenchendo a ficha de saída do país. Ele percebeu que os quatros sujeitos também entraram na mesma fila. Reis foi atendido e orientado a seguir para o balcão para liberação do veículo, que ficava numa sala mais ao fundo da edificação. Lá chegando, apresentou os documentos do veículo e a autorização especial da locadora para sair com ele da Argentina. Tudo foi checado pelo funcionário da imigração.

Rapidamente Reis saiu do prédio, mas antes ouviu uma discussão dos quatro "vikings" com o funcionário da imigração, que não permitiu a saída deles com o veículo, pela falta da bendita autorização.

A gritaria foi tanta que policiais vieram até o local para saber o que estava acontecendo. Reis cruzou com os policiais e "pôs mais lenha na fogueira", dizendo que os "alemães" estavam enlouquecidos e bêbados.

O agente pegou o seu Land Rover e partiu sem antes olhar para a sala da imigração na qual implantava-se um grande tumulto.

Reis pensou: agora eles vão perder um bom tempo aí.

Prosseguindo sua viagem, o agente seguia até o local em que surgiram avistamentos de objetos voadores não identificados e do famoso "El Patagon".

O agente do Imperador prosseguiu até o alto da montanha em que está a divisa entre a Argentina e o Chile. É um local fácil de localizar, pois há placas indicando o lado argentino e o lado chileno da fronteira. Mas na verdade é uma terra de ninguém, pois fica entre os postos fronteiriços dos dois países.

Não havia ninguém, só estava o veículo de Reis estacionado naquele local, que normalmente ficava coalhado de turistas, na maioria brasileiros. Mas, não havia viva alma. A maioria dos turistas havia sido orientada a evitar o local por causa das estranhas aparições.

O agente do Imperador desceu do veículo estacionado no sentido da estrada para o Chile e atravessou a via para o outro lado. Subiu um pequeno morrete próximo à estrada e depois descortinou-se uma bela imagem de um vale imenso coberto de neve branca, quase que azulada.

Reis começou andar pelo vale para chegar às árvores do outro lado para ter uma visão melhor do local.

Quando começou a avançar, sua perna direita atravessou toda a manta de neve, o que fez Reis perceber que a camada tinha no mínimo um metro de espessura. Com habilidade, apoiando no pé esquerdo e usando os braços, consegui sacar sua perna da neve.

Reis resmungou:

— Está na hora de usar mais uma das engenhocas do Dr. Vinícius.

O agente bateu os dois calcanhares de sua bota e automaticamente abriu uma rede aos seus pés em formato de raquete de tênis, o que lhe daria a sustentação necessária para andar sobre a neve, sem o risco de afundar.

Reis seguiu seu caminho até as árvores. Quando lá chegou, ouviu um barulho vindo do seu lado direito. Ele virou o rosto para aquele lado e nada viu. Depois ele ouviu outro barulho em sentido oposto, mas também nada viu. Seus óculos indicavam nas lentes a presença de uma pessoa ou animal próximo, devido ao calor do corpo. Mas Reis nada enxergava. Chegou até a acionar o zoom dos óculos, mas nada via.

Ele não teve dúvida, sacou sua Walther PPK.

Mais uma vez ele ouviu um barulho forte atrás dele, quando se virou encontrou um gigante animal bípede de pelos brancos semelhantes a um gorila, mas muito maior.

Reis atirou contra o animal, mas as balas simplesmente não afetavam o "Yet" da Patagônia.

O agente tentou correr, mas não teve tempo. Levou uma pancada na cabeça, que o fez desfalecer.

O "El Patagon" pegou Reis pelo braço direito e o colocou sobre seus ombros, distribuindo o peso sobre seu imenso corpo.

CAPÍTULO X

Reis acordou sentindo uma baita dor de cabeça. Ele abriu os olhos e viu tudo meio embaçado. Percebeu que estava sentado numa cadeira estofada, na verdade uma poltrona bem confortável. Quando recobrou sua visão, tentou se levantar, mas foi empurrado para baixo, para manter-se sentado. Uma mão bem peluda como uma pata de urso branco polar pesada o mantinha sentado.

O agente virou seu pescoço tentando ver o animal quando viu que a cabeça era de um humano. Logo atinou que era uma pessoa enorme vestida com uma fantasia quase que realística de um imenso primata branco.

A sala era imensa, com paredes de concreto aparente. À sua frente havia uma enorme mesa e no meio dela, do outro lado, estava uma cadeira giratória com espaldar bem alto. Os móveis pareciam da década de quarenta do século passado. Escuros e de madeira maciça.

Uma risada estridente invadiu a sala partindo da cadeira com espaldar alto, que estava de costas para Reis.

Logo uma voz firme foi ouvida vindo da cadeira:

— Bem-vindo, agente especial André Reis, a serviço de Sua Majestade Dom Pedro IV.

A pronúncia em português era perfeita. Reis tinha a certeza de que se trava de um paulistano da gema.

O agente mais uma vez tentou se levantar, mas era uma tarefa inglória. O peso daquela mão o impedia de sair da poltrona.

A cadeira giratória de espaldar alto foi aos poucos movendo-se para a direita de forma que seu ocupante ficasse frente a frente com Reis.

O agente do Imperador ficou estupefato. Ele jamais poderia imaginar que aquela voz provinha daquela figura, odiada pelas nações e que todos acreditavam que havia morrido há setenta e cinco anos.

Era Adolf Hitler em pessoa, só que mais novo, careca e sem o famoso bigodinho.

— Calma, Sr. Reis. Eu não sou Adolf Hitler. Na verdade, sou filho dele. Me chamam apenas de Adolf.

— Mas como isso é possível? Exclamou o agente do Imperador.

Com imensa tranquilidade, o homem extremamente parecido com Hitler levantou-se. Ele tinha uma boa estatura, era bem forte e esbelto. Um atleta musculoso. Vestia um uniforme militar negro camuflado, sem insígnias.

E ele prosseguiu, sentando-se na ponta da mesa:

— Meu pai e minha mãe fugiram de Berlim por avião alguns dias antes da invasão soviética. Eles foram até a Espanha e ficaram alguns dias num mosteiro em Salamanca, de lá partiram para a Baia de Biscaia e embarcaram num submarino U-Boot XXI, o mais moderno da frota da Kriegsmarine. Da Espanha seguiram para a Argentina. Ficaram perto de Missiones, onde havia sido construída uma casa em plena floresta, e depois vieram para Bariloche. Viajaram várias vezes para os países vizinhos, inclusive ao Brasil, quando estiveram em Cassino, no litoral gaúcho.

— Meus pais receberam novos documentos com outros nomes e aqui viveram até 1970, quando meu pai faleceu, um pouco depois da morte de minha mãe.

— Mas como você pode ser filho deles se aparenta ter menos de quarenta anos de idade. Indagou o agente especial.

— Aí que entra a genialidade de Josef Mengele. Foi ele quem desenvolveu toda a tecnologia para fertilização *in vitro*, muito antes deter sido desenvolvida pelos cientistas ingleses. Contudo, com uma formidável manipulação genética para nos dar mais força e inteligência, moldando-nos como verdadeiros e legítimos arianos.

E com entusiasmo, Adolf continuou a sua explanação.

— O Dr. Mengele se escondia no Brasil, mas desenvolvia seus estudos e nos enviava o resultado de suas pesquisas. Nossos cientistas executavam com maestria suas instruções e eu eis me aqui no comando do Reich.

— Do quarto Reich? Indagou Reis.

— Não, senhor, o terceiro Reich nunca foi extinto. Respondeu Adolf, na maior tranquilidade.

— Por favor, me acompanhe. Disse Adolf, levantando-se da mesa e fazendo sinal ao "El Patagon" para que soltasse Reis.

O agente se levantou e esticou a roupa, tentando manter uma pouco de dignidade.

Adolf passou por Reis e foi em direção a uma imensa porta de metal polido, como se fosse aço inoxidável, que ficava atrás da poltrona de Reis.

O agente do Imperador seguiu Adolf e emparelhou com ele ao sair da porta. Era uma imensa passarela que dava vista para um gigantesco hangar escavado na rocha.

Nele havia uma pista de pouso com pelo menos dois quilômetros de extensão. Muitas aeronaves camufladas na cor cinza, todas em formato de bumerangue. Com certeza as aeronaves tinham tecnologia *Stealth*. No meio do hangar havia uma imensa bandeira vermelha com a tradicional suástica negra nazista.

Além das aeronaves, podiam se ver vários veículos blindados leves e pesados. Todos com a aparência extremamente moderna. Muitos homens e mulheres de porte atlético estavam próximos a pista. Seus uniformes eram os mais variados. Todos de camuflagem, mas alguns claros para ambientes desérticos, outros verdes para florestas, outros na cor cinza para ambientes urbanos e outros brancos para uso na neve. A impressão de Reis era a de que aqueles militares estavam se preparando para um ataque em todas as regiões do planeta. Porém, mal formavam uma divisão do exército. Uns dez mil homens no máximo.

Apoiando-se com os dois braços na mureta da passarela, Adolf continuou sua explanação, como se estivesse lecionando:

— Estes são meus homens. Eles têm a força de cinco soldados bem treinados e a inteligência acima da média.

— E é com eles que você pretende dominar o mundo? Indagou Reis.

— Não com eles. Estes exercerão funções táticas de apoio. Eu vou lhe mostrar quem me ajudará a dominar o mundo para a glória do III Reich. Respondeu Adolf na maior serenidade.

O agente do Imperador pensava no estereótipo de Hitler comparando-o ao filho clonado: pelo menos este é mais sossegado.

Pelo caminho passavam muitos militares uniformizados, estes sim com insígnias de patentes, muito semelhante às usadas pelos militares alemães na Segunda Grande Guerra. Todos lhe faziam a saudação típica dos nazistas.

Adolf virou-se à sua esquerda e caminhou pela passarela por uns 50 metros e parou diante de uma outra porta de aço, que automaticamente se abriu.

Era uma imensa sala à meia luz com um pé direito de uns doze metros. Ao fundo havia um gigantesco painel digital com imagens internas e externas, bem como outras transmitidas de várias partes do mundo. Além é claro de complexos gráficos. Imagens com uma definição incrível e emolduradas por espécie de vidro ou acrílico incolor.

Na sala estavam distribuídas umas cem pessoas em mesas individualizadas e com quatro monitores de computador cada um. Todos de altíssima definição e igualmente emoldurados por uma espécie de vidro ou acrílico incolor. Eles usavam um macacão branco, como se fossem astronautas. Todos também atléticos, mas não tão fortes quanto os militares uniformizados que Reis havia visto. Estavam sentados em cadeiras semelhantes às usadas pelos *gamers* profissionais. Mas algo chamava a atenção do agente especial, todos estavam em alto nível de concentração.

— Senhor Reis. Este é o meu exército que dominará o mundo. Cada um deles tem aproximadamente QI 190. Em suas clonagens, estes homens foram privilegiados com uma inteligência muito acima da média, próxima e até além da genialidade. Esclareceu Adolf.

— E você? Pelo que vejo foi privilegiado pelo físico. Perguntou Reis.

— Não. No meu caso tenho o físico dos meus soldados e a inteligência superior a estes daqui. Meu QI é 250. Respondeu Adolf, com orgulho, sem qualquer rasgo de modéstia.

— Então é por isso que fala português com tanta fluência. Indagou Reis.

— Não só português. Sou fluente em 35 idiomas e dialetos. Aliás, estou bem acima de seu falecido monarca, Dom Pedro II, que era fluente em pelo menos 11 idiomas. Posso discorrer sobre qualquer tema ou área de conhecimento da ciência humana. Sou a obra prima do Dr. Mengele. Gabou-se Adolf ao responder.

— Obra prima do carniceiro. Vociferou Reis.

Adolf caminhou em silêncio até o agente especial e com sua mão direita pegou no pescoço dele e o ergueu.

Logo Reis ficou sem ar. Seu rosto ficou rubro. Por mais que tentasse, não conseguia se livrar daquela mão forte e mortal. O incrível era que nenhum dos ocupantes daquela sala sequer virou o rosto para ver o que acontecia. Todos continuavam com seus olhos cravados nos monitores, como se nada estivesse acontecendo.

Adolf com uma só mão atirou Reis a uma distância de uns cinco metros para trás, fazendo colidir com a parede de concreto. O agente do Imperador caiu sentado e recuperou o fôlego. Ele percebera que havia irritado Adolf ao denegrir a imagem de Josef Mengele. Foi uma forma dolorida de descobrir o limite do humor do filho do Führer.

Andando em direção ao agente especial, Adolf foi chegando cada vez mais perto de Reis, que ainda estava no chão tentando-se levantar.

O agente do Imperador achara que sua vez de partir para o oriente eterno havia chegado, mas Adolf parou a uma distância de um metro dele e falou de forma tranquila como fizera antes:

— Sr. Reis. Por favor, não me irrite. Não tenho muita paciência. Sua sorte é que não pretendo matá-lo. Pelo menos agora. Eu li sua ficha no Serviço Secreto Imperial. Fascinante. De longe, você é o melhor e o mais capaz de todos. Sua morte seria uma perda sem razão.

— Que bom que pense assim. Respondeu Reis, levantando-se e massageando seu pescoço.

Eu ordenei a morte de todos os agentes especiais do Serviço Secreto Imperial. Como sobreviveu, decidi examinar sua ficha com cuidado e me surpreendi. Aliás, o Marquês de Campo Grande é quem nos vendeu todas as informações do Serviço Secreto Imperial por uma verdadeira fortuna. Sujeito intragável esse marquês, que mandei eliminar por diversas vezes, após estar da posse das informações, mas que nunca foi encontrado. Ele é difícil de matar.

Reis respondeu com seu sempre presente bom humor:

— Eu também ainda não consegui matá-lo.

— Bom, senhor Reis, minha proposta é a seguinte: vou mantê-lo vivo por alguns dias até o desfecho de nossa vitória. Daí poderá decidir em se juntar a nós nesse novo mundo ou ser eliminado de forma, digamos, digna.

— Novo mundo? Indagou Reis.

— Sim. Novo mundo. Venha comigo até o monitor que apresentarei a você o nosso plano para esse Novo Mundo.

CAPÍTULO XI

Adolf se virou e seguiu andando calmamente em direção ao monitor principal da sala.

Ele parou a uma certa distância do aparelho e fez sinal com as mãos para um dos técnicos presentes.

Logo a gigantesca tela apresentou uma imagem belíssima do planeta Terra e a seguir outras mostrando o excesso de população no mundo, áreas degradas pela poluição, o desmoronamento de geleiras e muitas outras imagens impactantes.

O filho do Führer iniciou sua explanação:

— Sr. Reis. Este é o nosso planeta imenso de reservas e riquezas naturais tão malcuidadas pelo homem. O aquecimento global agora nos apresenta um futuro não tão promissor como imaginado. São mais de sete bilhões de habitantes que conspurcam esse maravilhoso planeta. Espécies animais e vegetais são extintas diariamente e a poluição pouco a pouco transformará essa linda gota de água azul no universo em um ralo de esgoto. Precisamos eliminar os elementos que degradam nosso planeta e iniciar uma era com habitantes fortes e inteligentes, que saibam cuidar da Terra com a atenção que merece e como forma de manter a raça humana por milênios, sempre aprimorada. Em outras palavras, queremos um planeta perfeito para uma raça perfeita. A raça ariana.

— A ideia da purificação de raça de meu pai não avançou, pois não havia a tecnologia necessária para aprimorar geneticamente a raça germânica. Essa tecnologia foi desenvolvida pelo Dr. Mengele, justamente no Brasil. Ele não ficou instalado na Patagônia, pois logo as nações aliadas acabariam desconfiando do fluxo de material genético e de equipamentos de que ele necessitava para suas pesquisas. Estando no Brasil, ele não chamaria tanta atenção, como de fato não chamou. Ele se dedicou ao III Reich como ninguém. Ao invés de ter uma vida confortável, viveu no Brasil. E você, Sr. Reis, sabe que ele odiava o povo brasileiro.

— Ele trabalhou com afinco e desenvolveu toda a tecnologia de manipulação genética, para criar homens e mulheres fortes e inteligentes. E a partir de 1975 iniciamos a clonagem desses novos seres superiores da nova raça ariana.

— Em 1979 perdemos o Dr. Mengele, mas nossos cientistas já tinham domínio sobre as técnicas de clonagem. Hoje a Dra. Helga conduz nossas pesquisas e com muita maestria, aprimora nossa raça. Você vai conhecê-la em breve.

Adolf fez uma pequena interrupção e olhou para Reis que estava ao seu lado ouvindo tudo atentamente.

— Bom, mas como você pretende pôr em prática seu plano e obter seu poder global? Perguntou Reis balançando levemente sua cabeça para reduzir seu atordoamento.

— Vamos lá. Respondeu Adolf, com imensa satisfação.

— Esta minha equipe já tem o controle da maioria das usinas nucleares no mundo, o mesmo acontece com hidrelétricas, termoelétricas, aeroportos, portos, satélites, instalações militares, centros de comando de defesa etc. Eles têm a capacidade de anular as atividades eletrônicas de qualquer das forças armadas no planeta, inclusive dos Estados Unidos.

— Qualquer desses homens pode apagar a luz de um bairro em Nova Jersey como pode cortar a energia elétrica em todo os Estados Unidos. Mais ainda, eles podem até acionar os sistemas de mísseis de qualquer país, sem que seus controladores tenham conhecimento.

— Interessante. Afirmou Reis olhando para Adolf.

— Interessante. Ah! Sr. Reis. É muito mais que isto. É o poder total para mudar o mundo. Chega a ser um poder divino, disse Adolf, de forma eufórica.

— Veja. Primeiramente vamos iniciar a fase do caos. Cortaremos a energia elétrica em boa parte do planeta. Faremos vários aviões colidirem no ar, aos milhares. Em seguida, iniciaremos a interferência eletrônica de forma a impedir qualquer reação das potências mundiais. E, ainda, eliminando os líderes em cada país quase que simultaneamente.

— Simultaneamente. Questionou Reis.

— Sim, de forma simultânea. Respondeu Adolf, de forma categórica.

— Vou te mostrar.

Adolf novamente fez um outro sinal e um dos técnicos acionou um dispositivo que estava no centro da sala defronte à tela principal. Era uma esfera do diâmetro um pouco maior do que uma bola de beisebol. Ela subiu até a uma altura de 3 metros e veio em direção a Reis. Ela era de metal prateado. Talvez duralumínio.

Reis percebeu que havia pequenas hélices dentro da esfera, que permitiam sustentar o objeto e lhe dar dirigibilidade. Na parte da frente havia um orifício, uma protuberância, muito semelhante à ponta de uma arma de fogo.

A esfera abaixou e parou em frente ao rosto de Reis mantendo uma distância de meio metro.

Conforme Reis se movimentava, a esfera também o fazia, mantendo-se sempre diante do rosto do agente especial.

Adolf continuou sua explanação.

— Estes dispositivos serão lançados por nossos aviões pelo nosso planeta por regiões e cada um deles perseguirá o seu alvo. Ao encontrá-lo, fará um único disparo na cabeça do alvo, eliminando-o.

— Esse dispositivo tem a autonomia de 100 quilômetros e funciona em ambientes abertos e fechados, inclusive consegue se infiltrar em *bunkers* pelo sistema de ventilação. Eles reconhecem o alvo por sua biometria bem como por sua voz. Não são comandados a distância, todos têm inteligência artificial, ou seja, agem por conta própria. Uma arma brilhante vinda da mente de nossos cientistas.

— Sr. Reis. Por favor, fale algo. Fique tranquilo esse dispositivo está desarmado.

O agente do Imperador apenas disse olá e imediatamente ouviu um clique com o som do percursor acionando a espoleta do cartucho.

— Viu? Engenhoso, não é senhor Reis? Perguntou Adolf cheio de orgulho de sua engenhoca mortal.

Reis respondeu de forma lacônica:

— Engenhoso e mortal.

— Aliás, aqui estão seus óculos. Desculpe, mas é tecnologia rudimentar para os nossos padrões. Disse Adolf, sacando os óculos do bolso de sua calça e esmagando-os com as mãos com imensa facilidade.

— Correto, senhor Reis. Agora venha comigo. Vamos conhecer a Dra. Helga.

CAPÍTULO XII

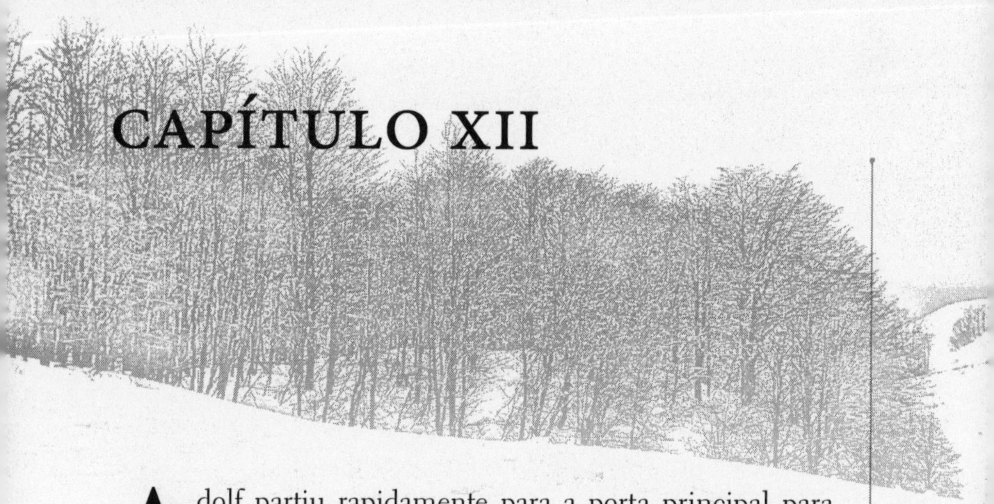

Adolf partiu rapidamente para a porta principal para sair da sala e Reis o seguiu e nenhum dos técnicos presentes sequer desviou o olhar dos seus monitores.

Voltaram para a passarela. Andaram mais uns quarenta metros e adentraram a um imenso salão todo pintado de branco e compartimentado em várias salas e salões envidraçados. A porta dava para um pequeno terraço acima desse ambiente. Quando eles pararam sobre esse terraço, o mesmo começou a descer como um elevador levando-os até o nível do salão.

— Aqui estão todos os nossos laboratórios químicos, biológicos e mecânicos. Nunca na história humana se reuniu tanta tecnologia e tantas mentes fascinantes. Nós estamos cinquenta anos à frente de qualquer país desenvolvido.

Com certeza havia mais de mil pessoas trabalhando naquele ambiente. Todos usavam macacões imaculadamente brancos. Ao fundo podiam se ver outros usando macacões da cor cinza, que com certeza deveriam ser os expertos em mecânica ou mecatrônica.

Adolf andou pelo corredor principal, que varava todo o imenso salão. Ele foi explicando a Reis a função de cada laboratório. Nenhum dos técnicos sequer desviou o olhar para eles dois. Todos trabalhavam extremamente concentrados.

Muitas pessoas passavam por Adolf e estas sempre lhe prestavam a saudação nazista. Era a única alteração perceptível a Reis.

No sentido contrário ao deles no corredor, seguia uma mulher de seus quarenta anos, muito bela. Ela era esguia com cabelos negros e olhos profundamente azuis. Vestia um tailleur branco e óculos com aros escuros. Foi a única pessoa que não prestou a saudação nazista no corredor para Adolf.

Era a Dra. Helga.

Ela parou em frente aos dois e apenas disse olá a Adolf, como se fosse um velho amigo.

— Dra. Helga, quero lhe apresentar o sr. André Reis, agente especial do Serviço Secreto Imperial do Brasil, que foi convidado para integrar nossa equipe.

— Um traidor. Respondeu firmemente a Dra. Helga.

— Traidor não. Ele ainda não se decidiu, mas com certeza verá que estar do nosso lado será o melhor para ele no Novo Mundo. É apenas uma questão de opção, se assim podemos dizer.

— Seja o que for, seja bem-vindo, Sr. Reis.

— Dra. Helga, agora ele é todo seu. Vou cuidar dos nossos últimos preparativos. Disse Adolf, virando e retornando pelo mesmo corredor para sair daquele imenso salão.

— Traidor, digo, Sr. Reis, me acompanhe por favor. Pediu a Dra. Helga com seu peculiar humor.

Reis pensou: ela deve estar de TPM; vai ser uma conversa difícil.

A Dra. Helga foi à frente de Reis pelo corredor e depois ingressou numa sala toda envidraçada, mas também coberta por persianas imaculadamente brancas. Ela abriu a porta e quando Reis a fechou, ele ouviu um ruído semelhante ao fechamento a vácuo. Pelo jeito, a sala da Dra. Helga era também indevassável. Era um ambiente amplo com uma imensa mesa de trabalho com duas poltronas à sua frente e do outro lado havia uma cadeira de espaldar alto. Também havia um conjunto de estofados de couro. Tudo era branco. Ao redor da sala estavam instaladas estantes baixas, repletas de livros e estatuetas com os bustos dos grandes líderes nazistas em bronze. Hitler entre eles, é claro.

Ela se sentou no meio do sofá branco, cruzou as pernas de forma elegante e perguntou de chofre:

— Senhor Reis, estou à sua disposição. O que deseja saber?

— Bom, para começar, quando começou a trabalhar aqui? Tentou Reis iniciar uma conversa.

— Eu nasci na Alemanha, vim para cá jovem e comecei a trabalhar materializando os estudos do Dr. Mengele. Respondeu a Dra. Helga.

— Uma pena você não o ter conhecido pessoalmente. Afirmou Reis em tom irônico.

— E quem disse que não o conheci. Trabalhei com ele por dez anos antes dele morrer.

— Mas como isso é possível? Você nem havia nascido ou era criança quando ele morreu. Disse Reis já demonstrando certo espanto com a situação.

— Senhor Reis, eu nasci em 1950, tenho setenta anos. Esclareceu a Dra. Helga expondo até um certo orgulho dessa condição.

— Mas você não aparenta ter mais de quarenta anos. Como isso é possível. Exclamou Reis com indisfarçável admiração.

— Manipulação genética rudimentar. Eu fiz parte das primeiras experiências do Dr. Mengele. Na realidade meus pais fizeram parte da experiência ainda na Alemanha durante a guerra, mas fui gerada apenas cinco anos depois como se fosse uma criança comum. Na verdade, meus pais possuíam genes que, somados, permitiram gerar uma criança com inteligência acima da média e com envelhecimento retardado. Assim, tenho chances de chegar aos 160 anos antes de morrer.

Reis sabia que as crianças que nasciam já na década de 20 do século XXI tinham a previsão de alcançar 120 anos de vida, mas 160 anos era algo inimaginável.

— Incrível. Foi esta a resposta de Reis, acomodando-se para se sentar, sem antes reclamar da dor que sentia por ter sido jogado por Adolf na parede.

— Vejo que Adolf já perdeu a paciência com você. Provavelmente o irritou. Vou resolver seu problema. Falou a Dra. Helga quase em tom professoral.

Ela se levantou foi até a uma parte da estante sobre a qual jazia uma jarra de água e copos. A Dra. Helga encheu um copo de água e foi até sua mesa. Abriu uma das gavetas e de lá tirou um frasco e nele pegou um comprimido azul.

Ela trouxe o copo em uma mão e com a outra estendeu-lhe a palma ofertando o comprimido.

Reis não podia perder a oportunidade:

— É Viagra?

A Dra. Helga deu uma gargalhada e respondeu:

— Tome logo. É um potente analgésico. Não sentirá mais dor em segundos.

Reis engoliu o comprimido e tomou um longo gole de água, repousando o copo vazio sobre a mesa de centro.

Como por milagre as dores de Reis cessaram.

— Vocês fariam milhões com esse produto. Acredito que estão no ramo errado. Vaticinou Reis.

— O senhor é bem engraçadinho. Respondeu a Dra. Helga.

Voltando-se a sentar no sofá, a Dra. Helga falou num tom mais alto:

— Himmler. Música por favor.

Nesse momento começou a tocar música clássica no ambiente, mas Reis não via onde estavam os alto-falantes ou coisa parecida. Na verdade, o som parecia que emanava do teto pura e simplesmente.

Era a quinta sinfonia de Gustav Mahler. O agente do Imperador achou tudo aquilo muito incoerente. Uma assistente virtual que atende pelo nome de Himmler e uma cientista nazista que ouve Mahler, um compositor judeu. Ele não se conteve:

— Desculpe-me. Mas estou curioso. Como se pode explicar uma assistente virtual que se chama Himmler e uma cientista do III Reich que ouve Mahler?

— O senhor de fato é muito curioso. A minha assistente virtual é chamada assim, pois eu sempre achei Himmler uma fraude. Ele buscava justificar a existência da raça ariana com fantasiosas estórias folclóricas, apoiadas em religião pagã dos países nórdicos, quando na verdade a raça ariana tinha que ser criada pela ciência como fizemos. Com relação ao ouvir Mahler, nós não somos tão radicais como éramos no passado. Pelo menos eu não sou assim. Adolf não gosta de compositores judeus, mas tolera meu gosto musical.

— Não sei. Tenho a impressão de que ele a respeita acima de tudo. É só um palpite. Arriscou Reis.

— Ele é o nosso líder. Ele me respeita, pois fui eu quem o gerei em meu ventre após a fertilização in vitro com o material genético de seu pai e de Eva Braun. Respondeu a Dra. Helga de forma direta, sem qualquer traço de orgulho.

— Então para ele, você é a sua mãe. Afirmou o agente especial.

— Não, a mãe dele é Eva Braun. Eu fui apenas instrumento para que ele viesse à vida.

Reis arriscou tirar algumas informações da Dra. Helga:

— Quando terá início o plano de conquista do Adolf?

— Sr. Reis, o senhor é muito curioso, mas não vou deixá-lo sem uma resposta. Digamos que será em breve, muito em breve. Mas agora vou levá-lo aos seus aposentos.

A Dra. Helga levantou-se do sofá e esticou a saia do tailleur e olhando para o teto falou:

— Himmler, desligar música.

E os dois seguiram pelo mesmo corredor que vieram, subiram na plataforma e voltaram para a passarela. Seguiram para uma área que provavelmente seriam os dormitórios. Era algo impressionante. Imensos corredores com várias portas. Reis tentava olhar pelas portas que se abriam, mas o máximo que via eram longas filas de beliches. Algo similar aos dormitórios nos quartéis.

Reis percebeu que somente Adolf era saudado por todos os demais, exceto a Dra. Helga, então decidiu bisbilhotar:

— Dra. Helga, Percebo que todos saúdam Adolf, mas entre vocês ninguém se saúda como faziam os nazistas no passado.

A Dra. Helga rapidamente satisfez a curiosidade do agente especial:

— Decidimos que isso é muita perda de tempo e energia. Só a ele saudamos, pois é nosso líder, o Führer.

Depois de alguns minutos, eles chegaram a um corredor com um pé direito alto e ao fundo uma bandeira vermelha com a suástica nazista.

A Dra. Helga parou diante de uma porta de aço, que imediatamente se abriu. Era um quarto espartano. Uma escrivaninha, uma cadeira e uma cama. Tudo em aço e em linhas retas. A cama estava meticulosamente arrumada com lençóis brancos. Havia até uma rosa branca num pequeno vaso de vidro sobre a escrivaninha.

— Estas são suas instalações. Não é um hotel cinco estrelas, como sei que está acostumado, pois não foi só Adolf que leu a sua ficha. Aliás, cuidado. As mulheres daqui são muito fortes e não toleram gracinhas. Para seu entretenimento, há um *tablet* na gaveta da escrivaninha.

Ela fez um gesto convidando Reis para entrar no quarto e finalizou a conversa:

— Às sete horas serviremos o jantar. Um dos nossos seguranças virá lhe buscar. Recomendo que tome um banho e se troque. O seu traje está na toalete.

Quando Reis olhou à sua esquerda ao adentrar o quarto, viu que havia uma porta, que provavelmente seria a toalete.

Ao passar pela porta de entrada do quarto, esta se fechou.

Reis se voltou para a porta para verificar se ela se abriria, mas permaneceu inerte. Portanto, ela somente poderia ser aberta por fora.

Evidentemente que o quarto não possuía janelas. Apenas dois pequenos sistemas de ventilação. O mesmo se dava na toalete. Não havia como escapar.

O agente especial então olhou para o relógio e verificou que ainda teria aproximadamente três horas para pensar numa saída.

Abriu a gaveta e pegou o tablete, vindo a deitar na cama. Ajeitou o travesseiro e se acomodou.

O tablete parecia apenas uma placa de vidro negro. Intuitivamente passou a mão direita sobre o tablete e este acendeu com uma mensagem: Bem-vindo, Sr. Reis.

O agente do Imperador começou a fuçar no tablete. Era algo muito diferente de tudo o que havia visto antes. O volume de dados, imagens e vídeos disponíveis era impressionante, mas tudo era restrito ao universo nazista.

Reis tentou fazer algumas pesquisas no mecanismo de busca, na tentativa de localizar algum meio de escapar daquele gigantesco bunker encravado na rocha, mas vários acessos lhe foram negados.

Num determinado momento, o tablete estampou uma mensagem: — "Senhor Reis, é melhor descansar até o jantar das 19 horas.".

No mesmo instante uma leve fumaça invadiu o quarto, por meio dos sistemas de ventilação. O agente tentou se levantar, mas logo caiu sobre a cama em sono profundo.

Exatamente às 18h30min, o tablete começou a emitir um som de alarme. Reis acordou meio atordoado e percebera que havia dormido por mais de duas horas. Quando ele encostou a mão no tablete, o alarme cessou e uma imagem apareceu na tela na forma de cronômetro indicando o tempo que ele teria para se arrumar.

O agente do Imperador respirou fundo, buscando sair daquele estado de atordoamento e foi até a toalete. Lá encontrou roupas e sapatos impecavelmente limpos. Era um uniforme negro com as divisas militares da marinha, camisa branca, gravata preta.

Reis pensou: estes nazistas sempre gostaram de uniformes.

O agente do Imperador tomou um banho, fez a barba e vestiu o uniforme. A roupa caíra-lhe bem, mas na verdade estava extremamente incomodado, pois o uniforme lhe trazia à memória todas as atrocidades cometidas pelos nazistas na Segunda Guerra Mundial.

Mas Reis intuía que deveria "fazer o jogo de Adolf", para descobrir um meio de fugir daquele local. O caminho para atingir seu objetivo somente seria por meio da astúcia e da inteligência, pois "no braço" seria imediatamente morto por qualquer um daqueles soldados de enorme força, na verdade sobre-humana.

CAPÍTULO XIII

Exatamente às 18h52min a porta se abriu. Era um homem alto, de cabelos escuros, extremamente parrudo, vestindo um impecável uniforme cinza, que o convidou para acompanhá-lo até a sala de jantar, falando em português impecável.

Reis foi à frente e atrás dele seguia o seu condutor em completo silêncio, que somente era quebrado com as indicações por onde deveria seguir.

Exatamente às 19 horas, chegaram a uma imensa porta de metal dourado de duas folhas com duas suásticas encravadas na cor preta. As portas foram abertas, mas não por mecanismos, e sim por dois outros sujeitos também vestindo uniformes cinza.

Era uma imensa sala de jantar com um pé direito de uns seis metros. Toda em mármore travertino. O teto era todo trabalhado em gesso com inúmeras suásticas em alto relevo. À frente, um imenso painel também em mármore, com uma estátua em bronze de Adolf Hitler, com a aparência de idoso, mas com extrema altivez, olhando para frente, como se estivesse enxergando o futuro.

Eram três grandes mesas retangulares de jantar, mas apenas uma estava arrumada. Na mesa do meio, à cabeceira dela estava sentado Adolf, vestindo um uniforme negro, igual ao de Reis, e do seu lado direito estava a Dra. Helga, trajando um belo vestido longo dourado, com brincos e colar em pedras negras. Onix provavelmente. Não eram pedras preciosas, mas extremamente bem lapidadas.

— Por favor, senhor Reis, venha. É nosso convidado. Disse Adolf, se levantando.

Reis seguiu até a cadeira que estava do lado esquerdo de Adolf, em frente à posição em que estava a Dra. Helga.

O agente do Imperador cumprimentou os dois com um breve sinal de cabeça e se sentou.

Adolf olhou para Reis e fez um elogio:

— O uniforme lhe caiu muito bem. Recomendo-lhe que o use durante sua estadia conosco, que espero que seja longa.

Reis fez cara feia e ia retrucar, quando percebeu que a Dra. Helga balançou o rosto de um lado para o outro, emitindo um sinal ao agente especial para que não fizesse o que pretendia fazer.

O agente do Imperador decidiu ficar quieto e resolveu se mostrar afável com Adolf:

— De fato, parece que o uniforme foi talhado para mim. Há algum tempo que não visto uniforme militar.

— Percebo que o seu descanso o está fazendo lidar melhor com tudo. Isto é muito bom. Sua presença conosco será de grande valia para o Novo Mundo, que vamos construir. Falou Adolf, demonstrando confiança em suas palavras.

Em seguida, Adolf pegou uma sineta de prata e a balançou. Uma porta embutida na parede de mármore à esquerda dele se abriu e entraram homens e mulheres que começaram a servir o jantar à moda francesa.

Era um jantar frugal e vegetariano. O primeiro prato foi um caldo verde, depois foi servido o segundo prato, um talharim feito com molho branco. A sobremesa era strudel de maçã acompanhado por um cremoso sorvete de baunilha. Mas o vinho era muito bom. Era *Zeltinger Schlossberg Riesling Trocken Bömer*, safra 2018. Um vinho da região do Mosel, uma obra prima alemã.

Reis apreciou o vinho, que também foi servido com certa rapidez pela Dra. Helga. Adolf apenas bebericou levemente.

Ao final do jantar foi servido café. A Dra. Helga preferiu um chá.

Quando acabaram o jantar, Adolf os convidou para se sentarem num conjunto de estofados, que guarnecia a entrada do salão de jantar.

Eram móveis antigos, provavelmente da década de quarenta do século passado, mas incrivelmente muito bem conservados e forrados de couro verde escuro.

Ao se sentarem, Adolf indagou a Dra. Helga:

— E o nosso vírus, já está pronto?

— Adolf, não me parece apropriado tratarmos disso agora, e na presença do nosso convidado. Respondeu a Dra. Helga com um certo ar de reprovação.

— Dra. Helga. Pode falar abertamente. O senhor Reis deve ficar a par de nossos preparativos e de nossa estratégia para o "novo mundo". Até porque, se decidir não nos acompanhar, então será eliminado, mas com dignidade senhor Reis, com dignidade. Disse Adolf em tom amável dirigindo seu rosto para o agente do Imperador.

— Bom, a decisão e a responsabilidade são suas, Adolf. Está tudo pronto. Amanhã às 10 horas, nossas aeronaves partirão para China continental e farão a aspersão do vírus sobre as cidades chinesas. Em cinco dias a maioria da população estará infectada.

— Pretende eliminar a população chinesa? Perguntou Reis, demonstrando um interesse quase que bajulatório.

— Claro que não, Sr. Reis. Nós queremos instalar o caos no mundo. Esse vírus foi desenvolvido por nossos cientistas. Os sintomas são semelhantes a uma gripe forte, porém, em muitos casos será fatal. Os cientistas levarão no mínimo um ano para descobrir uma vacina, mas até lá, muitos perecerão, em torno de cinco por cento dos infectados; os hospitais ficarão lotados e haverá o colapso no sistema de saúde, não só na China, como no mundo inteiro, pois em uma semana, o vírus estará totalmente disseminado no mundo. Segundo nossas projeções, que se diga, aliás, são muito precisas. As indústrias e a agropecuária irão paralisar suas atividades, o comércio não terá o que vender e os governantes nada poderão fazer, pois a maioria já estará morta, inclusive seu Imperador, Dom Pedro IV. Lamento, pois sei que é seu amigo. Mas, tenho uma surpresa para o senhor.

Adolf olhou em direção à porta principal e os dois homens que a ladeavam a abriram. Nesse momento, dois homens com uniformes verdes camuflados adentaram o salão, trazendo uma mulher amordaçada com um adesivo e com as mãos presas por algemas.

Quando Reis reconheceu quem era, levantou-se e imediatamente foi acudi-la. Era a Princesa Cristina.

— Senhor Reis. Eu sei que ela é seu grande amor e, portanto, decidi poupá-la. Ela lhe fará companhia. E será mais um motivo para convencê-lo a ficar conosco.

O agente do Imperador, com muito cuidado tirou a etiqueta adesiva da boca da princesa, no mesmo momento, um dos militares abaixou-se e retirou as algemas dela.

A Princesa Cristina imediatamente abraçou Reis e começou a falar que todos os agentes de sua segurança foram mortos e que ela fora sequestrada no hotel. Mas logo, ela percebeu que o agente do Imperador usava o mesmo uniforme daquele sujeito que guardava imensa semelhança com Adolf Hitler. Ela olhou em sua volta e emudeceu. Em seguida empurrou Reis para trás com toda sua força e disse aos berros:

— Você também é um deles. Meu Deus. Logo você!

Reis sabia que tinha que continuar com sua encenação.

A gritaria continuou e Reis se levantou. A Princesa Cristina tentou agredi-lo, mas foi contida pelos dois militares. Um deles usou um pequeno spray que a fez desfalecer imediatamente.

— Levem-na às suas acomodações agora e por lá a mantenham para que se acalme. Ordenou Adolf e olhando para Reis concluiu:

— Ela é uma fera. O senhor terá trabalho em domá-la. Aliás, o senhor terá pouco tempo para fazê-la mudar de ideia, para ficar conosco também, pois se não serei obrigado a eliminar vocês dois. Mas isso veremos depois, agora, desejo-lhe uma boa noite.

Adolf ergueu-se do sofá e seguiu para a porta. A Dra. Helga também se levantou e disse a Reis:

— É melhor descansar. Amanhã conversamos.

O agente do Imperador novamente foi conduzido para suas acomodações. Ao entrar no quarto sentou-se na cama, buscando organizar seus pensamentos. Era muita informação para processar em seu cérebro. Logo ele percebeu que novamente uma leve fumaça adentrava o quarto pela ventilação. Era hora de dormir.

CAPÍTULO XIV

O tablete voltou a emitir o alarme. Reis acordou novamente meio torpe, sem a menor noção do horário. Ele olhou para seu relógio. Era 9hda manhã. Olhou para escrivaninha e sobre ela estava um café da manhã bem robusto.

O agente especial percebeu que dormira, é claro, com o uniforme, que estava todo amassado e pensou: já vou levar uma reprimenda logo cedo do oficial do dia. Relembrando de seu passado na Academia da Marinha Imperial do Brasil.

Contudo, ao entrar na toalete, foi surpreendido por encontrar um novo uniforme impecavelmente limpo e passado.

— Excelente serviço de quarto. Exclamou Reis em voz alta.

Por volta de 9h45min uma mensagem ficou estampa no tablet para que ele estivesse pronto às 10 h.

Exatamente às 10 h, a porta de seu quarto se abriu e a Dra. Helga lá estava à sua frente com o indefectível tailleur branco.

— Bom dia, senhor Reis. Por aqui, normalmente acordamos cedo, mas por questão de segurança, decidimos deixá-lo dormir até tarde. Adolf quer que o senhor assista a decolagem de nossa frota.

O agente do Imperador acompanhou a Dra. Helga até a passarela do imenso hangar encravado na rocha da montanha.

Ao chegarem na passarela, estava Adolf acompanhado de outros homens e mulheres, todos uniformizados e pareciam ser oficiais superiores. Todos muito sorridentes. Não havia nenhum baixinho ou barrigudo. Sem exceção, todos altos, fortes e atléticos.

Adolf chegou próximo do guarda corpo da passarela e ao seu lado surgiu um holograma azul. Ele passou a mão direita sobre o holograma, que provavelmente fez uma leitura biométrica ou coisa parecida.

Nesse momento, as aeronaves todas em formato de bumerangue seguiram para pista. De forma ordenada, uma atrás da outra. Emitiam pouco ruído. Mas ao se posicionarem na longa pista para a decolagem, mostravam toda sua energia, partindo numa velocidade incomum.

— Senhor Reis, nossas aeronaves podem alcançar 10 mil quilômetros por hora facilmente e são totalmente indetectáveis aos radares. As potências mundiais há anos as classificam como objetos voadores não identificados. Que idiotas, imaginam que vêm de outros planetas. Esclareceu Adolf com imenso orgulho. E aumentando o volume de sua voz prosseguiu, agora dirigindo-se aos seus comandantes.

— Logo a China já estará toda infectada e em breve todo o mundo. O Novo Mundo já começará a ser construído. Depois de amanhã começaremos a eliminar os governantes e implantaremos o caos: grandes quedas de energia, o tráfego aéreo será interrompido por aeronaves, que cairão inexplicavelmente em colisões cuidadosamente calculadas por nós. Logo as nações estarão de joelhos e aceitarão nossos termos de domínio.

Nesse momento os comandantes e todos à volta começaram a saudar em alto e bom som:

— Sieg Heil! Sieg Heil![1]

Aos poucos a saudação começou a ecoar por toda parte. Eram dez mil pessoas gritando aquela saudação. Reis sentia-se como se estivesse em Nuremberg assistindo a um discurso do Führer.

Então as aeronaves partiam, uma após a outra até quase esvaziar o imenso hangar.

A Dra. Helga era a única que não estava saudando o início da construção do "novo mundo". Reis prestou bem a atenção naquela situação. Havia algo no comportamento daquela mulher que a diferenciava de todos os demais.

Quando as saudações pararam, ela convidou Reis para acompanhá-la.

Eles seguiram até a sala dela. A Dra. Helga mantinha total silêncio. Evidente estava ao agente especial que tudo aquilo não a agradava.

Quando entraram, ela se dirigiu até sua imensa mesa, abriu a gaveta e pegou um frasco do qual sacou um comprimido, que imediatamente colocou na boca, seguindo para a estante, para se servir de um copo de água.

Reis lembrou-se do assistente virtual e falou num tom mais elevado de voz:

— Himmler. Lacrar a sala.

Imediatamente ouviu um ruído de ar comprimido. O agente especial havia intuído que provavelmente a sala da Dra. Helga também poderia se blindar como acontecera na reunião com os empresários no hotel Duo Zhao.

— O que você está fazendo? Indagou a ela a Reis.

E ele respondeu:

— Eu tenho a impressão de que você não está agora concordando com os planos de Adolf.

[1] Viva a Vitória ou Salve a Vitória em alemão.

— É claro que concordo com tudo. Eu faço parte do plano. Disse ela num tom de voz nada convincente.

— Dra. Helga. Com certeza você não está de acordo com o que está por vir. Ontem me fez sinal para não discordar de Adolf e agora há pouco não participou da saudação. Você é diferente dos demais. Despreza a figura de Himmler e gosta de ouvir Mahler. Você não é uma nazista.

Ela colocou o copo sobre a mesa e se dirigiu ao sofá de sua sala sentando-se. Abaixou a cabeça e depois a levantou. Estava às lágrimas. Reis sentou-se à frente dela e esperou que se recompusesse.

Respirando fundo, ela enxugou as lágrimas de seu belo rosto e mexeu em seus cabelos, como se quisesse arrumá-los e falou em voz levemente alterada pela emoção:

— Eu ouvi falar sobre o passado do Dr. Mengele e de suas atrocidades, mas ele sempre me assegurou que tudo não passava de uma enorme mentira sobre ele, criada pelos Aliados. Ele se mostrava sempre muito atencioso e carinhoso. Nunca me pareceu ser ele um criminoso. Eu me encantava com o progresso da engenharia genética e acreditava piamente que a solução para a continuidade de nosso planeta estava no aprimoramento da raça humana. Eu trabalhei arduamente para isso. A maioria dos que estão aqui, de alguma forma, foram por mim criados. Ontem, após o jantar, procedi a uma revisão geral de toda a nossa programação. Todas as nossas aeronaves que partiram para aspergir o vírus, tinham retorno programado até o final do dia. Umas chegariam mais cedo e outras mais tarde, mas todas voltariam até as 23h30min, o que de fato ocorreu. Mas percebi que uma aeronave chegaria à 1 h de hoje e ela não havia partido do nosso hangar. Isso me chamou muito a atenção. Decidi verificar do que se tratava, mas meu acesso no sistema não me permitia obter maiores informações. Ora, eu tenho o mesmo nível de acesso de que Adolf. Ou pelo menos pensava que tinha o mesmo nível. No horário de chegada, fui até o hangar e vi que estavam chegando várias pessoas que nunca vi. Eles não eram fortes e atléticos como nós. Eles chegaram e foram direto para os laboratórios, que estavam vazios àquela hora. Eles traziam consigo inúmeros cilindros metálicos. Imediatamente fui ao quarto de Adolf e o encontrei no corredor e o indaguei sobre essas pessoas que haviam chegado. Ele me levou até a sala dele e me disse que havia uma outra equipe trabalhando em outro local secreto, atuando por ordem direta dele, e que me ocultou essas atividades, pois sabia que elas não seriam por mim aprovadas. E por fim me disse que eu tinha que aceitar essas atividades, pois caso contrário ele seria obrigado a me eliminar.

Reis a tudo ouvia e já percebera que sua intuição não havia falhado e decidiu provocar a Dra. Helga para continuar seu relato:

— E do que se tratam essas atividades desse outro grupo?

— Eles são cientistas inescrupulosos que foram recrutados por Adolf, para desenvolverem um vírus que identifica a origem genética do infectado e automaticamente ativa uma infecção devastadora, que leva seu hospedeiro à morte. A intenção de Adolf é eliminar, de forma imediata, a população que ele considera desnecessária para o futuro do planeta.

O agente especial imediatamente concluiu:

— Judeus, negros, ciganos etc.

— É exatamente isto Reis. Eu não posso aceitar isso. Adolf sempre me garantiu que dominaria o mundo apenas para aprimorar a raça humana por meio da engenharia genética, mas não para eliminar boa parte da população mundial numa matança sem precedentes. Eu sempre aceitei a eliminação dos líderes mundiais e considerei que as mortas que seriam empreendidas eram baixas de guerra para o sucesso de nosso plano, mas acreditava que depois disso, controlaríamos a reprodução das raças inferiores, para sua extinção natural, conforme fossem morrendo. Mas matar a todos de uma única vez, para mim não é aceitável.

— Precisamos impedi-lo! Exclamou Reis.

— Não há como. Ele tem o controle total da situação e depois de amanhã já haverá a aspersão desse segundo vírus, mas que somente se ativará em seis meses. Nesse momento, Adolf já terá dominado o planeta. Disse a desolada Dra. Helga

— Vamos pensar. Sempre há um caminho. Afirmou o agente especial.

Depois de alguns segundos, Reis pediu a ela para trazerem a Princesa Cristina até a sala dela, pois ele desejava falar com ela, para posicioná-la de tudo o que estava acontecendo.

A Dra. Helga concordou e em alemão pediu para Himmler desbloquear a sala e se conectou diretamente com a segurança pedindo para trazer a princesa Cristina à sua sala.

Passados alguns minutos, a princesa foi trazida à sala da Dra. Helga. Ela vestia uma roupa como se fosse um avental hospitalar e sua aparência não era nada boa. Com certeza a princesa havia sido muito sedada.

A Dra. Helga pediu para os seguranças colocarem a princesa deitada no sofá e gentilmente solicitou que saíssem da sala.

Ao saírem, ela própria lacrou a sala. Novamente voltou à sua mesa; escolheu um frasco que estava em uma das gavetas e retirou um comprimido. Pegou um copo de água e apoiando a cabeça da princesa a fez tomar aquele medicamento.

Reis, de pé, assistia a tudo e pensou: que farmácia que essa mulher tem.

Logo a princesa retomou a lucidez. Quando recobrou a consciência começou gritar, chamando Reis de maldito.

Ele foi até a princesa e se ajoelhou e com gentileza disse-lhe:

— Calma. Tudo isto é uma farsa. Eu apenas estou fazendo o jogo deles, para tentar escapar daqui e impedir a execução do plano de Adolf.

E apontando para a Dra. Helga complementou:

— Ela está do nosso lado.

Depois, sentando-se ao lado da Princesa Cristina, Reis explicou exatamente o que estava acontecendo.

A princesa ao final acalmou-se e abraçou Reis longamente, expressando sua alegria em saber que seu amado agente continuava leal ao Império do Brasil.

A Dra. Helga acompanhou toda a explanação de Reis, demonstrando sua concordância várias vezes com sua inclinação da cabeça. Ao final ela alertou:

— Agora, vocês precisam voltar para seus aposentos, pois Adolf vai perceber que algo está errado e fora dos planos dele. E, nesse caso, nenhum de nós três sairá vivo daqui.

Então Reis rapidamente combinou com a princesa que ela também deveria se comportar como se estivesse aderido à causa de Adolf.

E assim procederam. Ambos voltaram aos seus aposentos.

CAPÍTULO XV

Na hora do jantar, todos se encontraram no grande salão. Agora era a Princesa Cristina que envergava um uniforme negro.

Mas desta vez, as imensas mesas estavam todas ocupadas por muitos homens e mulheres, todos uniformizados.

Reis imaginou que todos estavam no local para uma comemoração. E ele estava certo.

Desta vez, Reis e a princesa não se sentaram na mesma mesa de Adolf. Apenas a Dra. Helga mantinha-se sentada à direita de Adolf na mesa.

Quando Adolf se levantou, a sala imediatamente emudeceu. Ele iniciou seu discurso. Era incrível, mas ele falava sem qualquer microfone, mas a voz dele ecoava na sala de forma amplificada. Era alguma nova tecnologia.

O discurso foi em alemão. Reis pouco entendeu o que ele falava, mas a Princesa Cristina dominava o idioma e foi aos poucos esclarecendo a Reis do que se tratava. Em síntese era a explanação sobre seu plano de dominação do planeta e da construção do "novo mundo".

Após a manifestação de Adolf, a sala foi dominada pela tradicional saudação nazista.

— Sieg Heil! Sieg Heil!

A princesa Cristina ficou estarrecida com tudo o que ouvira e vera naquele jantar, mas manteve-se de acordo com o plano de Reis.

Ao final do jantar, Adolf foi até Reis e a Princesa Cristina e logo foi congratulando-a:

— Princesa Cristina, parabéns. Desculpe não a tratar por Alteza, mas aqui não há espaço para tratamentos diferenciados.

E Adolf continuou:

— Sábia sua decisão de integrar-se a nós. O senhor Reis me parece um homem bem persuasivo. Eu não imaginava que você aceitaria tudo tão fácil.

A princesa Cristina pegou a mão esquerda de Reis com sua mão direita e falou:

— Ele é o amor de minha vida e com ele seguirei qualquer caminho.

— Belo exemplo de lealdade. Respondeu Adolf, olhando para Reis.

Depois Adolf pediu licença e rumou para a imensa porta, para sair do ambiente.

A Dra. Helga se aproximou dos dois e falou em tom baixo.

— Amanhã chamarei vocês dois à minha sala. Encontrei uma solução.

No dia seguinte, Reis e a princesa Cristina estavam na sala da Dra. Helga.

Ela lacrou a sala, os convidou a sentarem-se e iniciou a explanação do seu plano.

— Reis, todos os que aqui estão foram inoculados com um agente de nano tecnologia, que é acionado por rádio frequência. Ele pode tanto desencadear um aumento de energia orgânica, como pode também causar um estado letárgico. Basta apenas configurar a mensagem emitida pela rádio frequência.

Só eu sei como configurar essa mensagem, mas apenas o comando de Adolf pode emiti-la.

— Bom e como posso acessar esse comando de Adolf? Está na sala dele? Perguntou Reis não escondendo sua satisfação na solução encontrada pela Dra. Helga.

— O problema está no comando. Ele é acionado pela voz de Adolf em sua sala. Não pode ser por outra pessoa e em outro local.

Reis levantou-se do sofá e começou a andar na sala. Logo ele se lembrou do discurso de ontem de Adolf e indagou a Dra. Helga:

— Ontem eu ouvi o discurso de Adolf ecoar por todo o salão de jantar, mas não vi nenhum microfone ou caixas acústicas. Como funciona essa tecnologia?

— Emite-se uma imagem holográfica transparente que funciona como um microfone e que converte o som em sinal digital que é amplificado e reproduzido pelo teto e pelas paredes que vibram e emitem o som. Explicou a Dra. Helga, tratando aquilo como uma coisa até corriqueira.

— As falas dele são gravadas? Perguntou Reis.

— Sim são gravadas digitalmente em altíssima fidelidade. Não há como distinguir o que é gravado e o som emitido pela pessoa. Esclareceu a Dra. Helga.

— É possível confundir o assistente virtual da sala de Adolf com uma gravação? Questionou novamente o agente do Imperador.

— Sim, claro. O problema é que esse mesmo assistente virtual faz a checagem biométrica de Adolf, para autenticar a ordem. Novamente esclareceu a Dra. Helga.

— Então providencie uma montagem com a voz de Adolf determinando o acionamento do comando para a emissão da rádio frequência e grave em algo que eu possa reproduzir na sala dele. Também me consiga aquele spray utilizado para fazer a princesa dormir.

— Ok. Vou preparar tudo para você. No final da tarde vou chamá-lo à minha sala e lhe entregarei o que me pediu.

No final da tarde, Reis voltou à sala da Dra. Helga e recebeu dela um pequeno artefato do tamanho de um pen drive e ela o orientou:

—Este é um reprodutor portátil. Ao pressionar este botão, ele emitirá um rádio frequência que acionará o som da sala emitindo a ordem verbal de Adolf em alemão. Só que nesse momento, ele deverá estar sentado em sua cadeira, para que o assistente virtual faça a leitura biométrica de Adolf. Você terá que segurar o rosto dele. Um raio verde será emitido do teto e fará a leitura do rosto de Adolf. Aqui está o spray que faz qualquer um dormir, mas ele terá que ser aspergido proximamente ao rosto dele, para fazer efeito.

— Ok. Entendi. Agora, por favor, peça para Adolf me receber. Solicitou Reis à Dra. Helga.

A Dra. Helga chamou Adolf pelo assistente virtual e disse que Reis queria lhe falar sobre informações da segurança do Imperador, que poderiam ser úteis para a execução do plano de eliminação dos governantes.

Adolf aceitou imediatamente. Ele acreditava que realmente o agente especial havia se encantado com seu plano e decidira ajudá-lo em sua execução.

Reis foi levado até a sala de Adolf.

Quando chegou à sala, Reis sentou-se à mesa em frente a ele e pediu para ficarem sozinhos.

Adolf estranhou o pedido, mas Reis explicou que não sentia bem em expor os segredos da segurança do Imperador na presença de outras pessoas.

Ele achou aquilo tudo muito desnecessário, mas não vislumbrou qualquer problema e pediu para os seguranças saírem da sala.

Por farra, Adolf acionou seu assistente virtual para lacrar a sala e disse para Reis que ele poderia ficar inteiramente à vontade para falar, já que ninguém mais poderia ouvi-lo.

Reis agradeceu e disse que havia feito algumas anotações e que queria discorrer sobre elas. Reis enfiou a mão no bolso do paletó de seu uniforme e pegou o spray. Quando ele enfiou a mão no bolso, Adolf levantou-se com imensa rapidez e com a mão direita pegou-lhe pelo pescoço erguendo-o e com a mão esquerda apertou o punho direito de Reis fazendo com que ele soltasse o spray.

Adolf atirou Reis contra parede, fazendo-o cair sentado. Ele contornou a mesa e caminhou com calma em direção a Reis falando mansamente:

— O senhor me subestima. Nós não usamos papel aqui dentro há anos. Tudo é digitalizado. Portanto não há como fazer anotações. Que falha! Eu que acreditava que o senhor fosse arguto. Que erro de avaliação de minha parte. Agora vou matá-lo e se possível causando-lhe muita dor.

Reis levantou-se e correu para outro lado da sala. Adolf o seguia, sempre com passos lentos como se desejasse impor aflição ao agente do Imperador.

O agente do Imperador viu que sobre a mesa de Adolf havia um busto de Hitler em bronze. Imediatamente posicionou-se na parede de fronte à mesa. Adolf caminhou posicionando à frente de Reis com uma distância de três metros aproximadamente.

Reis correu contra Adolf e tomou impulso pulando sobre ele, entrelaçando suas pernas no tronco dele. Reis agarrou o rosto dele empurrando-o para trás e puxando o tronco para frente, usando suas pernas fortes por causa de seu treinamento em capoeira.

Adolf perdeu o equilíbrio e caiu de costas sobre a mesa. Reis rapidamente pegou o busto de Hitler e bateu com força na cabeça de Adolf.

Ele apagou.

Reis olhou para o busto de bronze de Hitler e falou em tom jocoso:

— Até que enfim você serviu para algo bom.

O agente do Imperador arrastou Adolf até a cadeira dele e o colocou sentado, o que foi muito difícil pois seu algoz era muito pesado.

Passando por trás da cadeira, segurou a cabeça de Adolf com a mão direita e com a esquerda acionou o reprodutor do som.

Imediatamente linhas verdes passaram a escanear o rosto de Adolf, mas nada acontecia.

Então Reis percebeu que o problema era que os olhos de Adolf estavam fechados. Ele abriu os olhos de Adolf e então acionou novamente o reprodutor de som, a voz ecoou por todo ambiente e o escâner autenticou a ordem. Imediatamente Adolf acordou de seu sono e com a mão direita agarrou o pescoço de Reis com uma força descomunal. Quando Reis estava quase desfalecendo, a mão que lhe comprimia o pescoço afrouxou e Adolf começou a tremer como se estivesse tendo um ataque epilético.

O agente do Imperador desvencilhou-se de Adolf, ao chegar próximo da porta da sala, esta se abriu automaticamente. Os dois homens da segurança que ladeavam a porta da sala de Adolf também agonizavam como ele.

Reis correu pelos corredores e todos estavam caídos pelo chão tremendo e com a expressão de que sentiam dores atrozes.

O agente foi até a sala da Dra. Helga e a encontrou sentada no sofá. Ele chegou perto dela e falou:

— Vamos embora daqui, logo eles irão acordar.

E a Dra. Helga respondeu:

— Eu não posso ir com você. Ninguém irá acordar, todos irão morrer em minutos, inclusive eu. Não há comando para colocar ninguém em estado letárgico. Eu menti para você. O único comando possível era a eliminação. Eu apenas retardei os efeitos em mim por alguns minutos, mas logo partirei.

— Mas por que não me disse isso? Pensaríamos em outra solução. Disse Reis em evidente aflição.

A Dra. Helga prosseguiu:

— Isto tem que acabar. Nenhum de nós deve sobreviver. A causa nazista tem que ser extinta de uma vez. Este é o preço que pagarei por contribuir na criação desses clones do mal. Vá até os aposentos da sua amada princesa, a porta estará aberta e leve-a daqui. Tudo explodirá em dez minutos, a tecnologia aqui desenvolvida não poderá ser do conhecimento de ninguém, pois permitiria a dominação do planeta. A ordem que gravei em alemão com a voz de Adolf não só determinou o comando para a eliminação, como também acionou o dispositivo de autodestruição de todo este complexo.

A Dra. Helga começou a tremer como todos os demais. Reis beijo-lhe a testa e a deitou no sofá.

Ele saiu correndo pelo corredor em busca da princesa e acabou a encontrando andando assustada com tudo o que acontecia.

Ele a pegou pela mão e saiu correndo. Logo ele viu uma placa verde com a imagem de um homem correndo e abaixo a palavra Noutausgang[2]. Ele atinou que só poderia ser uma saída de emergência e a Princesa Cristina confirmou que ele estava certo.

Era um longo corredor, que no seu final havia uma porta de folha dupla com barras antipânico. Reis as acionou e as portas se abriram facilmente. Provavelmente era em decorrência do comando para a autodestruição.

Havia muita neve, mas eles correram como podiam, com muita dificuldade é claro. Quando estavam distantes uns duzentos metros da porta, uma grande explosão se deu.

Eles foram atirados a distância e foram cobertos pela neve.

Ambos ficaram, desacordados.

Reis recobrou a consciência e seu viu coberto de neve. Com as mãos abriu caminho para a superfície e começou a procurar pela Princesa Cristina.

Ele gritava o nome dela, mas nada ouvia.

O agente do Imperador tentava localizar a princesa, quando viu algo se mexendo na neve à sua frente. Estava distante uns dez metros dele. Era a Princesa Cristina que havia recobrado a consciência.

Reis foi ao encontro dela e a arrancou da neve, examinando-a para verificar se não havia fraturado algum membro ou se ferido.

Ela estava bem, apenas um pouco atordoada e com frio. Reis a abraçou, agradecendo a Deus por ela estar bem.

Ela o beijou ardentemente.

O agente especial ergueu a princesa e falou:

— Agora vamos sair daqui e procurar ajuda. Quando eles se levantaram, ouviram um barulho de helicóptero. Era um Sikorsky SH-3 Sea King da Marinha Imperial do Brasil que pousou numa clareira próxima.

---

[2] Saída de emergência.

Da aeronave saíram vários fuzileiros navais e um sujeito jovem, que caminhou ao encontro deles. Era Pedro Mendes usando um casaco de neve que sorridente cumprimentou Reis dizendo:

— Ainda bem que o encontramos. Perdemos seu sinal e decidimos vir para cá para procurá-lo. Demos sorte, acabamos encontrando você e a princesa Cristina. Isto me dará direito a um bônus de fim de ano.

Em seguida, Pedro Mendes dirigiu a palavra para a Princesa Cristina:

— Os fuzileiros irão levar Vossa Alteza para o nosso porta-aviões Tamandaré, que está na costa do Chile. O agente Reis ficará comigo.

Reis olhou para Cristina, beijou-lhe o rosto e disse em seu ouvido:

— Vá com eles e logo nos veremos. Ninguém mais irá nos separar. Eu prometo.

Logo dois sargentos fuzileiros navais vieram levar a princesa e a cobriram com uma manta, carregando-a para o helicóptero.

Pedro Mendes olhou para Reis e perguntou o que havia acontecido ali, pois presenciaram uma explosão gigantesca e as autoridades argentinas e chilenas já estavam a caminho dali.

Reis respondeu comum breve sorriso:

— Vamos procurar um lugar para beber um bom Malbec, que eu vou te contar uma longa história.

Um país se faz com
homens e livros.
Monteiro Lobato

ESTA OBRA FOI COMPOSTA PELA SPRESS
EM ELECTRA (TEXTO) E POR CAROLINE
RÊGO EM GOTHAM (CAPA) E IMPRESSA EM
PAPEL PÓLEN NATURAL 80G/M² NO MIOLO
E LAMINAÇÃO FOSCA E CARTÃO SUPREMO
250G/M² NA CAPA PELA ESKENAZI
PARA A LINOTIPO DIGITAL EDITORA E
LIVRARIA LTDA. NO VERÃO DE 2024.